U0079191

雅典文化

# 初學者必備的

# 日語文法

國家圖書館出版品預行編目資料

初學者必備的日語文法 / 雅典日研所編著
-- 二版 -- 新北市：雅典文化，民108.3
面； 公分 -- (全民學日語；47)
ISBN 978-986-96973-5-4(平裝附光碟片)
1. 日語 2. 句法
803.169                                     108000098

全民學日語系列 47

# 初學者必備的日語文法

企編／雅典日研所
責任編輯／許惠萍
內文排版／王國卿
封面設計／林鈺恆

**法律顧問：方圓法律事務所／涂成樞律師**

總經銷：永續圖書有限公司        CVS代理／美璟文化有限公司
永續圖書線上購物網               TEL：(02) 2723-9968
www.foreverbooks.com.tw        FAX：(02) 2723-9668

出版日／2019年3月

雅典文化

22103  新北市汐止區大同路三段194號9樓之1
出版社
       TEL   (02) 8647-3663
       FAX   (02) 8647-3660

版權所有，任何形式之翻印，均屬侵權行為

# 50音基本發音表

## 清音 MP3 002

| a ㄚ | | i ㄧ | | u ㄨ | | e ㄝ | | o ㄡ | |
|---|---|---|---|---|---|---|---|---|---|
| あ | ア | い | イ | う | ウ | え | エ | お | オ |
| ka ㄎㄚ | | ki ㄎㄧ | | ku ㄎㄨ | | ke ㄎㄝ | | ko ㄎㄡ | |
| か | カ | き | キ | く | ク | け | ケ | こ | コ |
| sa ㄙㄚ | | shi ㄒ | | su ㄙ | | se ㄙㄝ | | so ㄙㄡ | |
| さ | サ | し | シ | す | ス | せ | セ | そ | ソ |
| ta ㄊㄚ | | chi ㄑㄧ | | tsu ㄘ | | te ㄊㄝ | | to ㄊㄡ | |
| た | タ | ち | チ | つ | ツ | て | テ | と | ト |
| na ㄋㄚ | | ni ㄋㄧ | | nu ㄋㄨ | | ne ㄋㄝ | | no ㄋㄡ | |
| な | ナ | に | ニ | ぬ | ヌ | ね | ネ | の | ノ |
| ha ㄏㄚ | | hi ㄏㄧ | | fu ㄈㄨ | | he ㄏㄝ | | ho ㄏㄡ | |
| は | ハ | ひ | ヒ | ふ | フ | へ | ヘ | ほ | ホ |
| ma ㄇㄚ | | mi ㄇㄧ | | mu ㄇㄨ | | me ㄇㄝ | | mo ㄇㄡ | |
| ま | マ | み | ミ | む | ム | め | メ | も | モ |
| ya ㄧㄚ | | | | yu ㄧㄩ | | | | yo ㄧㄡ | |
| や | ヤ | | | ゆ | ユ | | | よ | ヨ |
| ra ㄌㄚ | | ri ㄌㄧ | | ru ㄌㄨ | | re ㄌㄝ | | ro ㄌㄡ | |
| ら | ラ | り | リ | る | ル | れ | レ | ろ | ロ |
| wa ㄨㄚ | | | | o ㄨ | | | | n ㄣ | |
| わ | ワ | | | を | ヲ | | | ん | ン |

## 濁音 MP3 003

| ga ㄍㄚ | | gi ㄍㄧ | | gu ㄍㄨ | | ge ㄍㄝ | | go ㄍㄡ | |
|---|---|---|---|---|---|---|---|---|---|
| が | ガ | ぎ | ギ | ぐ | グ | げ | ゲ | ご | ゴ |
| za ㄗㄚ | | ji ㄐㄧ | | zu ㄗ | | ze ㄗㄝ | | zo ㄗㄡ | |
| ざ | ザ | じ | ジ | ず | ズ | ぜ | ゼ | ぞ | ゾ |
| da ㄉㄚ | | ji ㄐㄧ | | zu ㄗ | | de ㄉㄝ | | do ㄉㄡ | |
| だ | ダ | ぢ | ヂ | づ | ヅ | で | デ | ど | ド |
| ba ㄅㄚ | | bi ㄅㄧ | | bu ㄅㄨ | | be ㄅㄟ | | bo ㄅㄡ | |
| ば | バ | び | ビ | ぶ | ブ | べ | ベ | ぼ | ボ |
| pa ㄆㄚ | | pi ㄆㄧ | | pu ㄆㄨ | | pe ㄆㄝ | | po ㄆㄡ | |
| ぱ | パ | ぴ | ピ | ぷ | プ | ぺ | ペ | ぽ | ポ |

# 拗音

| kya ㄅㄧㄚ | kyu ㄅㄧㄩ | kyo ㄅㄧㄡ |
|---|---|---|
| きゃ キャ | きゅ キュ | きょ キョ |
| sha ㄒㄧㄚ | shu ㄒㄧㄩ | sho ㄒㄧㄡ |
| しゃ シャ | しゅ シュ | しょ ショ |
| cha ㄑㄧㄚ | chu ㄑㄧㄩ | cho ㄑㄧㄡ |
| ちゃ チャ | ちゅ チュ | ちょ チョ |
| nya ㄋㄧㄚ | nyu ㄋㄧㄩ | nyo ㄋㄧㄡ |
| にゃ ニャ | にゅ ニュ | にょ ニョ |
| hya ㄏㄧㄚ | hyu ㄏㄧㄩ | hyo ㄏㄧㄡ |
| ひゃ ヒャ | ひゅ ヒュ | ひょ ヒョ |
| mya ㄇㄧㄚ | myu ㄇㄧㄩ | myo ㄇㄧㄡ |
| みゃ ミャ | みゅ ミュ | みょ ミョ |
| rya ㄌㄧㄚ | ryu ㄌㄧㄩ | ryo ㄌㄧㄡ |
| りゃ リャ | りゅ リュ | りょ リョ |

| gya ㄍㄧㄚ | gyu ㄍㄧㄩ | gyo ㄍㄧㄡ |
|---|---|---|
| ぎゃ ギャ | ぎゅ ギュ | ぎょ ギョ |
| ja ㄐㄧㄚ | ju ㄐㄧㄩ | jo ㄐㄧㄡ |
| じゃ ジャ | じゅ ジュ | じょ ジョ |
| ja ㄐㄧㄚ | ju ㄐㄧㄩ | jo ㄐㄧㄡ |
| ぢゃ ヂャ | ぢゅ ヂュ | ぢょ ヂョ |
| bya ㄅㄧㄚ | byu ㄅㄧㄩ | byo ㄅㄧㄡ |
| びゃ ビャ | びゅ ビュ | びょ ビョ |
| pya ㄆㄧㄚ | pyu ㄆㄧㄩ | pyo ㄆㄧㄡ |
| ぴゃ ピャ | ぴゅ ピュ | ぴょ ピョ |

- | 平假名 | 片假名 |

## 第❶課 名詞句

## 第❷課 形容詞篇

# 第❸課 い形容詞句

# 第❹課 な形容詞句

## 第❺課 動詞－基礎篇

## 第❻課 自動詞句

# 第❼課 他動詞句

# 第❽課 動詞—進階篇

## 第**9**課 ない形（否定形）

## 第**10**課 使用ない形的表現

## 第**11**課 た形（常體過去形）

## 第**12**課 使用た形的表現

## 第13課 て形

## 第14課 使用て形的表現

## 第15課 授受表現

## 第16課 字典形

第 **1** 課

# 名詞句

# 私は学生です。

wa.ta.shi./wa./ga.ku.se.i./de.su.

我是學生。

**說　明**

名詞句的基本句型，可以依照肯定、否定、
過去、非過去、疑問等狀態來做變化。日文
中現在式和未來式皆為同一形態，故統稱
「非過去式」。「非過去式」名詞句的「非
過去肯定句型」如下：

AはBです。

A是B。

A、B：名詞

は：格助詞，「是」的意思

です：助動詞

**例　句**

♠父は医者です。

chi.chi./wa./i.sha./de.su.

家父是醫生。

♠今日は土曜日です。

kyo.u./wa./do.yo.u.bi./de.su.

今天是星期六。

♤ これはパンです。

ko.re.wa./pa.n./de.su.

這是麵包。

♤ 彼は外国人です。
　かれ　　がいこくじん

ka.re./wa./ga.i.ko.ku.ji.n./de.su.

他是外國人。

♤ 明日は一月一日です。
　あした　　いちがつついたち

a.shi.ta./wa./i.chi.ga.tsu./tsu.i.ta.chi./de.su.

明天是一月一日。

## 單 字

私【我】
わたし

wa.ta.shi.

学生 【學生】
がくせい

ga.ku.se.i.

父 【父親】
ちち

chi.chi.

医者 【醫生】
いしゃ

i.sha.

今日 【今天】
きょう

kyo.u.

土曜日 【星期六】
どようび

do.yo.u.bi.

これ　【這個】
ko.re

パン　【麵包】
pa.n.

彼　【他】
ka.re.

外国人　【外國人】
ga.i.ko.ku.ji.n.

明日　【明天】
a.shi.ta.

一月　【一月】
i.chi.ga.tsu.

一日　【一日、每月第一天】
tsu.i.ta.chi.

## ● 私は学生でした。
わたし　　がくせい

wa.ta.shi./wa./ga.ku.se.i.de.shi.ta.

我曾經是學生。

### 說明

名詞句中表示過去式，是把です改成でした。名詞句的過去肯定句型是：

AはBでした

A曾經是B。

A、B：名詞

は：是

でした：です的過去式

### 例句

♠ 一年前、私は会社員でした。
いちねんまえ　　わたし　かいしゃいん

i.chi.ne.n./ma.e./wa.ta.shi.wa./ka.i.sha.i.n./de.shi.ta.

一年前，我曾是上班族。

♠ 昨日は休みでした。
きのう　　やす

ki.no.u./wa./ya.su.mi./de.shi.ta.

昨天是休假日。

♠ ここは学校でした。
がっこう

ko.ko./wa./ga.kko.u./de.shi.ta.

這裡曾經是學校。

♧ 昨日はいい天気でした。

ki.no.u./wa./i.i./te.n.ki./de.shi.ta.

昨天是好天氣。

♧ あの人は課長でした。

a.no.hi.to./wa./ka.cho.u./de.shi.ta.

那個人曾經當過課長。

## 單字

一年前 【一年前】
i.chi.ne.n.ma.e.

会社員 【上班族】
ka.i.sha.i.n.

昨日 【昨天】
ki.no.u.

休み 【休假、休息】
ya.su.mi

ここ 【這裡】
ko.ko.

学校 【學校】
ga.kko.u.

昨日 【昨天】
ki.no.u.

いい　【好的／好】
i.i.

天気　【天氣】
te.n.ki.

あの　【那個】
a.no.

人　【人】
hi.to.

課長　【課長】
ka.cho.u.

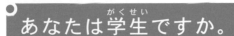

# あなたは学生<sup>がくせい</sup>ですか。

あなたは学生ですか。

a.na.ta./wa./ga.ku.se.i./de.su.ka.

請問你是學生嗎?

說　明

「か」放在句尾,是用於表示疑問。在日文正式的文法中,即使是疑問句,句末的標點符號也使用句號,而非問號。在雜誌、漫畫等較輕鬆大眾化讀物上才使用驚嘆號。

名詞句的非過去肯定疑問句型是:

AはBですか。

A是B嗎?

A、B:名詞

は:是

です:助動詞

か:終助詞,表示疑問

例　句

♧ あなたは台湾人<sup>たいわんじん</sup>ですか。

a.na.ta./wa./ta.i.wa.n.ji.n./de.su.ka.

你是台灣人嗎?

♧ これは辞書<sup>じしょ</sup>ですか。

ko.re./wa./ji.sho./de.su.ka.

這是字典嗎?

♧ トイレはどこですか。

to.i.re./wa./do.ko./de.su.ka.

洗手間在哪裡呢？

♧ あの人は誰ですか。

a.no./hi.to./wa./da.re./de.su.ka.

那個人是誰呢？

♧ それはアルバムですか、シングルです
か。

so.re./wa./a.ru.ba.mu./de.su.ka./shi.n.gu.ru./de.
su.ka.

那是專輯，還是單曲呢？

## 單字

| あなた　【你】 |
| --- |
| a.na.ta. |

| 台湾人　【台灣人】 |
| --- |
| ta.i.wa.n.ji.n. |

| これ【這個】 |
| --- |
| ko.re. |

| 辞書　【字典】 |
| --- |
| ji.sho. |

| トイレ　【廁所】 |
| --- |
| to.i.re. |

どこ　【哪裡】
do.ko.

誰　【誰】
だれ
da.re.

それ　【那個】
so.re.

アルバム　【專輯、相簿】
a.ru.ba.mu.

シングル　【單曲、單人】
shi.n.gu.ru.

# あなたは学生でしたか。

a.na.ta./wa./ga.ku.se.i./de.shi.ta.ka.

你曾是學生嗎？

## 說　明

名詞句的過去肯定疑問句型是：

AはBでしたか。

A曾經是B嗎？

A、B：名詞

は：是

でした：です的過去式

か：終助詞，表示疑問

## 例　句

♤ 今日はどんな一日でしたか。

kyo.u./wa./do.n.na./i.chi.ni.chi./de.shi.ta.ka.

今天過得如何？

♤ あの人はどんな子供でしたか。

a.no.hi.to./wa./do.n.na./ko.do.mo./de.shi.ta.ka.

那個人小時候是怎麼樣的孩子呢？

♤ 昨日は雨でしたか。

ki.no.u./wa./a.me./de.shi.ta.ka.

昨天有下雨嗎？

♠ここは公園でしたか。

ko.ko./wa./ko.u.e.n./de.shi.ta.ka.

這裡曾經是公園嗎？

## 單字

どんな　【怎麼樣的、如何】
do.n.na.

一日　【一天】
i.chi.ni.chi.

子供　【小孩、孩子】
ko.do.mo.

雨　【雨】
a.me.

公園　【公園】
ko.u.e.n.

## 1. 私は学生ではありません。

wa.ta.shi./wa./ga.ku.se.i./de.wa./a.ri.ma.se.n.

我不是學生。

## 2. 私は学生じゃありません。

wa.ta.shi./wa./ga.ku.se.i./ja.a.ri.ma.se.n.

我不是學生。

（説　明）

　　名詞句的非過去否定句型有下列兩種：

①AはBではありません。

　　A不是B。

　　A、B：名詞

　　は：是

　　ではありません：です的否定形

②AはBじゃありません。

　　A不是B。

　　A、B：名詞

　　は：是

　　じゃありません：です的否定形

　　「じゃありません」是由「ではありませ

ん」的發音變化而來，故兩者通用。在下面的例句中，「ではありません」和「じゃありません」兩者間皆可相互替代。

### 例句

♠ 私は佐藤ではありません。

wa.ta.shi./wa./sa.to.u./de.wa./a.ri.ma.se.n.

我不是佐藤。

♠ これは本ではありません。

ko.re.wa./ho.n./de.wa./a.ri.ma.se.n.

這不是書。

♠ ここは駅ではありません。

ko.ko./wa./e.ki./de.wa./a.ri.ma.se.n.

這裡不是車站。

♠ あの人は先生ではありません。

a.no.hi.to./wa./se.n.se.i./de.wa./a.ri.ma.se.n.

那個人不是老師。

♠ 今は三月ではありません。

i.ma./wa./sa.n.ga.tsu./de.wa./a.ri.ma.se.n.

現在不是三月。

♠ 今は三月じゃありません。

i.ma./wa./sa.n.ga.tsu./ja.a.ri.ma.se.n.

現在不是三月。

## 單字

| |
|---|
| <ruby>本<rt>ほん</rt></ruby> 【書】<br>ho.n. |
| <ruby>駅<rt>えき</rt></ruby> 【車站】<br>e.ki. |
| <ruby>今<rt>いま</rt></ruby> 【現在】<br>i.ma. |
| <ruby>三月<rt>さんがつ</rt></ruby> 【三月】<br>sa.n.ga.tsu. |

## 1.私は学生ではありませんでした。

わたし がくせい

wa.ta.shi./wa./ga.ku.se.i./de.wa./a.ri.ma.se.n./de.shi.ta.

我以前不是學生。

## 2.私は学生じゃありませんでした。

わたし がくせい

wa.ta.shi./wa./ga.ku.se.i./ja.a.ri.ma.se.n./de.shi.ta.

我以前不是學生。

( 說　明 )

名詞句的過去否定句型有下列兩種：

①AはBではありませんでした。

A以前不是B。

A、B：名詞

は：是

ではありませんでした：です的過去否定形

②AはBじゃありませんでした。

A以前不是B。

A、B：名詞

は：是

じゃありませんでした：です的過去否定形

「じゃありませんでした」是由「ではありませんでした」的發音變化而來，故兩者通用。在下面的例句中，「ではありませんでした」和「じゃありませんでした」兩者間皆可相互替代。

### 例　句

♧ 昨日は休みではありませんでした。

ki.no.u./wa./ya.su.mi./de.wa./a.ri.ma.se.n./de.shi.ta.

昨天不是假日。

♧ 先月は二月ではありませんでした。

se.n.ge.tsu./wa./ni.ga.tsu./de.wa./a.ri.ma.se.n./de.shi.ta.

上個月不是二月。

♧ おとといは雨ではありませんでした。

o.to.to.i./wa./a.me./de.wa./a.ri.ma.se.n./de.shi.ta.

前天不是雨天。

♧ 昨日の朝ごはんはパンではありませんでした。

ki.no.u.no./a.sa.go.ha.n./wa./pa.n./de.wa./a.ri.ma.se.n./de.shi.ta.

昨天早餐不是吃麵包。

♣ 昨日の朝ごはんはパンじゃありません
でした。

ki.no.u.no./a.sa.go.ha.n./wa./pa.n./ja./a.ri.ma.se.
n./de.shi.ta.

昨天早餐不是吃麵包。

♣ 今日お昼はおにぎりではありませんで
した。

kyo.u./o.hi.ru./wa./o.ni.gi.ri./de.wa./a.ri.ma.se.
n./de.shi.ta.

今天午餐不是吃飯糰。

♣ 今日お昼はおにぎりじゃありませんで
した。

kyo.u./o.hi.ru./wa./o.ni.gi.ri./ja./a.ri.ma.se.n./de.
shi.ta.

今天午餐不是吃飯糰。

## 單字

**先月** 【上個月】
se.n.ge.tsu.

**二月** 【二月】
ni.ga.tsu.

**おととい** 【前天】
o.to.to.i.

### 朝ごはん 【早餐】
a.sa.go.ha.n

### パン 【麺包】
pa.n.

### お昼【午餐】
o.hi.ru.

### おにぎり 【飯糰】
o.ni.gi.ri.

## 1.あなたは<ruby>学生<rt>がくせい</rt></ruby>ではありませんか。

a.na.ta./wa./ga.ku.se.i./de.wa./a.ri.ma.se.n.ka.

你不是學生嗎？

## 2.あなたは<ruby>学生<rt>がくせい</rt></ruby>じゃありませんか。

a.na.ta./wa./ga.ku.se.i./ja.a.ri.ma.se.n.ka.

你不是學生嗎？

説　明

　　名詞句的非過去否定疑問句型有下列兩種：
①AはBではありませんか。

　　A不是B嗎？

　　A、B：名詞

　　は：是

　　ではありません：です的否定形

　　か：終助詞，表示疑問
②AはBじゃありませんか。

　　A不是B嗎？

　　A、B：名詞

　　は：是

　　じゃありません：です的否定形

か：終助詞，表示疑問

使用這句話時，除了是直接表達否定疑問之場合外，也用在心中已經有主觀認定的答案，但是用反問的方式，如例句的「你不是學生嗎」，以委婉表達自己的意見。同樣的，「ではありませんか」和「じゃありませんか」兩者間皆可替代使用。

例 句

♧ 彼女は増田さんではありませんか。

ka.no.jo./wa./ma.su.da./sa.n./de.wa./a.ri.ma.se.n.ka.

她不是増田小姐嗎？

♧ それは椅子ではありませんか。

so.re./wa./i.su./de.wa./a.ri.ma.se.n.ka.

那個不是椅子嗎？

♧ 明日は日曜日ではありませんか。

a.shi.ta./wa./ni.chi.yo.u.bi./de.wa./a.ri.ma.se.n.ka.

明天不是星期天嗎？

♧ ここは東京ではありませんか。

ko.ko./wa./to.u.kyo.u./de.wa./a.ri.ma.se.n.ka.

這裡不是東京嗎？

♠ あの<ruby>人<rt>ひと</rt></ruby>は<ruby>部長<rt>ぶちょう</rt></ruby>じゃありませんか。

a.no./hi.to./wa./bu.cho.u./ja.a.ri.ma.se.n.ka.

那個人不是部長嗎？

## 單字

<ruby>彼女<rt>かのじょ</rt></ruby>　【她、女朋友】
ka.no.jo.

<ruby>椅子<rt>いす</rt></ruby>　【椅子】
i.su.

<ruby>日曜日<rt>にちようび</rt></ruby>【星期天】
ni.chi.yo.u.bi.

<ruby>部長<rt>ぶちょう</rt></ruby>　【部長】
bu.cho.u.

🎵 012

---

## 1.あなたは学生ではありませんでしたか。

a.na.ta./wa./ga.ku.se.i./de.wa./a.ri.ma.se.n./de.shi.ta.ka.

你以前不是學生嗎？

## 2.あなたは学生じゃありませんでしたか。

a.na.ta./wa./ga.ku.se.i./ja.a.ri.ma.se.n./de.shi.ta.ka.

你以前不是學生嗎？

（說　明）

名詞句的過去否定疑問句型有下列兩種：

①AはBではありませんでしたか。

　A以前不是B嗎？

　A、B：名詞

　は：是

　ではありませんでした：です的過去否定形

　か：終助詞，表示疑問

②AはBじゃありませんでしたか。

　A以前不是B嗎？

　A、B：名詞

　は：是

じゃありませんでした：です的過去否定形

か：終助詞，表示疑問

使用這句話時，除了是直接表達否定疑問之場合外，也用在心中已經有主觀認定的答案，但是用反問的方式，以委婉表達自己的意見。同樣的，「ではありませんでしたか」和「じゃありませんでしたか」兩者間皆可替代使用。

## 例 句

♧ 彼は医者ではありませんでしたか。

ka.re./wa./i.sha./de.wa./a.ri.ma.se.n./de.shi.ta.ka.

他以前不是醫生嗎？

♠ 先週は休みではありませんでしたか。

se.n.shu.u./wa./ya.su.mi./de.wa./a.ri.ma.se.n./de.shi.ta.ka.

上星期不是放假嗎？

♧ ここは動物園ではありませんでしたか。

ko.ko./wa./do.u.bu.tsu.e.n./de.wa./a.ri.ma.se.n./de.shi.ta.ka.

這裡以前不是動物園嗎？

◈ 昨日は晴れじゃありませんでしたか。

ki.no.u./wa./ha.re./ja.a.ri.ma.se.n./de.shi.ta.ka.

昨天不是晴天嗎？

## 單字

| | |
|---|---|
| 動物園 【動物園】 | |
| do.u.bu.tsu.e.n. | |

| | |
|---|---|
| 晴れ 【晴天】 | |
| ha.re. | |

| | |
|---|---|
| 先週 【上星期】 | |
| se.n.shu.u. | |

## 1.先生の学生です。

せんせい　がくせい

se.n.se.i./no./ga.ku.se.i./de.su.

老師的學生。

## 2.先生と学生です。

せんせい　がくせい

se.n.se.i./to./ga.ku.se.i./de.su.

老師和學生。

説　明

兩個名詞連用時，有兩種句型：

①表示所有、所屬關係

Aの B です。

A 的 B。

A、B：名詞

の：的

です：助動詞

②表示同等並列關係

A と B です。

A 和 B。

A、B：名詞

と：和

です：助動詞

### 例 句

◇ 何時の飛行機ですか。 （所屬、所有）

na.n.ji./no./hi.ko.u.ki./de.su.ka.

幾點的飛機呢？

◇ 彼の靴です。 （所屬、所有）

ka.re./no./ku.tsu./de.su.

他的鞋子。

◇ 社長の息子です。 （所屬、所有）

sha.cho.u./no./mu.su.ko./de.su.

老闆的兒子。

◇ 先生と学生です。 （同等並列）

se.n.se.i./to./ga.ku.se.i./de.su.

老師和學生。

◇ 部長と部下です。 （同等並列）

bu.cho.u./to./bu.ka./de.su.

部長和部下。

◇ 本と雑誌です。 （同等並列）

ho.n./to./za.sshi./de.su.

書和雜誌。

## 單字

何時 【幾點】
na.n.ji.

**飛行機** 【飛機】
ひこうき
hi.ko.u.ki.

**彼** 【他】
かれ
ka.re.

**靴** 【鞋子】
くつ
ku.tsu.

**社長** 【社長】
しゃちょう
sha.cho.u.

**息子** 【兒子】
むすこ
mu.su.ko.

**部下** 【部下】
ぶか
bu.ka.

**雑誌** 【雑誌】
ざっし
za.sshi.

# 名詞句總覽

## 說明

日文中的時態和肯定否定的變化是由最後面的助動詞來決定，即：

非過去「です」

過去「でした」

非過去否定「ではありません」

過去否定「ではありませんでした」

## 例句

### 非過去肯定句

♦ 彼は先生です。
か れ　せんせい

ka.re./wa./se.n.se.i./de.su.

他是老師。

### 過去肯定句

♦ 彼は先生でした。
か れ　せんせい

ka.re./wa./se.n.se.i./de.shi.ta.

他曾經是老師

### 非過去肯定疑問句

♦ 彼は先生ですか。
か れ　せんせい

ka.re./wa./se.n.se.i./de.su.ka.

他是老師嗎？

### 過去肯定疑問句

♠ 彼は先生でしたか。

ka.re./wa./se.n.se.i./de.shi.ta.ka.

他以前是老師嗎？

### 非過去否定句

♠ 彼は先生ではありません。

ka.re./wa./se.n.se.i./de.wa./a.ri.ma.se.n.

他不是老師。

♠ 彼は先生じゃありません。

ka.re./wa./se.n.se.i./ja./a.ri.ma.se.n.

他不是老師。

### 過去否定句

♠ 彼は先生ではありませんでした。

ka.re./wa./se.n.se.i./de.wa./a.ri.ma.se.n./de.shi.
ta.

他以前不是老師。

♠ 彼は先生じゃありませんでした。

ka.re./wa./se.n.se.i./ja./a.ri.ma.se.n./de.shi.ta.

他以前不是老師。

### 非過去否定疑問句

♠ 彼は先生ではありませんか。

ka.re./wa./se.n.se.i./de.wa./a.ri.ma.se.n.ka.

他不是老師嗎？

♠ 彼は先生じゃありませんか。

ka.re./wa./se.n.se.i./ja./a.ri.ma.se.n.ka.

他不是老師嗎？

過去否定疑問句

♠ 彼は先生ではありませんでしたか。

ka.re./wa./se.n.se.i./de.wa./a.ri.ma.se.n./de.shi.
ta.ka.

他以前不是老師嗎？

♠ 彼は先生じゃありませんでしたか。

ka.re./wa./se.n.se.i./ja./a.ri.ma.se.n./de.shi.ta.ka.

他以前不是老師嗎？

第 2 課

# 形容詞篇

# い形容詞

**說明**

日文中的形容詞大致可分為兩類，分別是「い形容詞」和「な形容詞」。大致上的分辨方法，是字尾為「い」結尾的形容詞為「い形容詞」。（但是偶爾會有例外，可參加「な形容詞」之章節。）

## 單字

たか
高い 【高】
ta.ka.i.

おいしい 【好吃】
o.i.shi.i.

くろ
黒い 【黑的】
ku.ro.i.

あま
甘い 【甜的】
a.ma.i.

ちい
小さい 【小的】
chi.i.sa.i.

おお
大きい 【大的】
o.o.ki.i.

面白い 【有趣的】
o.mo.shi.ro.i.

嬉しい 【高興的】
u.re.shi.i.

優しい、易しい 【温柔的、簡單的】
ya.sa.shi.i.

古い 【舊的】
fu.ru.i.

いい 【好的】
i.i.

悪い 【不好的】
wa.ru.i.

熱い／暑い 【燙的、炎熱的】
a.tsu.i.

寒い 【寒冷的】
sa.mu.i.

冷たい 【冰涼的、冰的】
tsu.me.ta.i.

忙しい 【忙碌的】
i.so.ga.shi.i.

# な形容詞

説　明

「な形容詞」的字尾並沒有特殊的規則，但是在後面接名詞時，需要加上「な」字，所以稱為「な形容詞」。以下介紹幾個常見的「な形容詞」。一般來說，外來語的形容詞，都屬於な形容詞。

## 單字

大変<sub>たいへん</sub>な　【嚴重的／不得了】
ta.i.he.n.na.

ユニークな　【獨特的】
u.ni.i.ku.na.

元気<sub>げんき</sub>な　【有精神的】
ge.n.ki.na.

静<sub>しず</sub>かな　【安靜的】
shi.zu.ka.na.

上手<sub>じょうず</sub>な　【拿手】
jo.u.zu.na.

賑<sub>にぎ</sub>やかな　【熱鬧的】
ni.gi.ya.ka.na.

好きな 【喜歡的】
su.ki.na.

ふくざつ
複雑な 【複雜的】
fu.ku.za.tsu.na.

とくべつ
特別な 【特別的】
to.ku.be.tsu.na.

ふしぎ
不思議な 【不可思議的】
fu.shi.gi.na.

じゆう
自由な 【自由的】
ji.yu.u.na.

まじめ
真面目な 【認真的】
ma.ji.me.na.

べんり
便利な 【方便的】
be.n.ri.na.

きら
嫌いな 【討厭的】
ki.ra.i.na.

きれいな 【漂亮的／乾淨的】
ki.re.i.na.

嫌い、きれい雖然為い結尾，但是屬於「な形容詞」

へん
変な 【奇怪的】
he.n.na.

しあわ
**幸せな** 【幸福的】
shi.a.wa.se.na.

てきとう
**適当な** 【適當的、隨便的】
te.ki.to.u.na.

あんぜん
**安全な** 【安全】的
a.n.ze.n.na.

ていねい
**丁寧な** 【有禮貌的、細心的】
te.i.ne.i.na.

形容詞篇

# 第 3 課

## い形容詞句

# 高<sub>たか</sub>いです。

ta.ka.i./de.su.

很高

（ 說　明 ）

描敘人、事、物時，可以單獨使用「い形容
詞」，加上「です」會較為正式有禮貌。

（ 例　句 ）

♤おいしいです。

o.i.shi.i.de.su.

好吃。

♤黒<sub>くろ</sub>いです。

ku.ro.i.de.su.

黑色的。

♤甘<sub>あま</sub>いです。

a.ma.i.de.su.

很甜。

♤小<sub>ちい</sub>さいです。

chi.i.sa.i.de.su.

小的。

♤面白<sub>おもしろ</sub>いです。

o.mo.shi.ro.i.de.su.

有趣。

◆ 嬉しいです。

u.re.shi.i.de.su.

高興。

◆ 古いです。

fu.ru.i.de.su.

舊的。

◆ いいです。

i.i.de.su.

好的。

◆ 悪いです。

wa.ru.i.de.su.

不好的。

◆ 熱いです。

a.tsu.i.de.su.

燙的。

◆ 寒いです。

sa.mu.i.de.su.

寒冷的。

# 高い<ruby>高<rt>たか</rt></ruby>いビルです。

ta.ka.i./bi.ru./de.su.

很高的大樓

說　明

「い形容詞」後面要加名詞時，不需做任何的變化，直接加上名詞即可。（い形容詞＋名詞です）

例　句

♤おいしいパンです。

o.i.shi.i./pa.n.de.su.

好吃的麵包。

♠<ruby>黒<rt>くろ</rt></ruby>い<ruby>熊<rt>くま</rt></ruby>です。

ku.ro.i./ku.ma.de.su.

黑色的熊。

♠<ruby>小<rt>ちい</rt></ruby>さい<ruby>箱<rt>はこ</rt></ruby>です。

chi.i.sa.i./ha.ko.de.su.

小的箱子。

♠<ruby>大<rt>おお</rt></ruby>きい<ruby>体<rt>からだ</rt></ruby>です。

o.o.ki.i./ka.ra.da./de.su.

巨大的身體。

♠ 面白い映画です。

o.mo.shi.ro.i./e.i.ga./de.su.

有趣的電影。

♠ 優しい人です。

ya.sa.shi.i./hi.to./de.su.

溫柔的人。

## 單字

| | |
|---|---|
| パン 【麵包】 | |
| pa.n. | |

| | |
|---|---|
| 熊 【熊】 | |
| ku.ma. | |

| | |
|---|---|
| 箱 【箱子】 | |
| ha.ko. | |

| | |
|---|---|
| 体 【身體】 | |
| ka.ra.da. | |

| | |
|---|---|
| 映画 【電影】 | |
| e.i.ga. | |

# 高く跳びます。

ta.ka.ku./to.bi.ma.su.

跳得很高

說　明

「い形容詞」要放在動詞前面時，需將詞性轉換成成副詞。方法是，把「い」改成「く」，後面再加上動詞。（此處著重形容詞變副詞，動詞的部分可參照後面動詞之篇章。）

例　句

♠おいしく食べます。

（おいしい→おいしく）

o.i.shi.ku./ta.be.ma.su.

津津有味地吃。

♠小さく切ります。

（小さい→小さく）

chi.i.sa.ku./ki.ri.ma.su.

切得小小的。

♠大きく書きます。

（大きい→大きく）

o.o.ki.ku./ka.ki.ma.su.

大大地寫出來。

◆面白くなります。

（面白い→面白く）

o.mo.shi.ro.ku./na.ri.ma.su.

變得有趣。

◆嬉しくなります。

（嬉しい→嬉しく）

u.re.shi.ku./na.ri.ma.su.

變得開心。

◆優しくなります。

（優しい→優しく）

ya.sa.shi.ku./na.ri.ma.su.

變得溫柔。

## 單字

| | |
|---|---|
| 食べます 【吃】<br>ta.be.ma.su. | |
| 切ります 【切】<br>ki.ri.ma.su. | |
| 書きます 【寫】<br>ka.ki.ma.su. | |
| なります 【變成】<br>na.ri.ma.su. | |

## 高<sup>たか</sup>くて遠<sup>とお</sup>いです。

ta.ka.ku.te./to.o.i./de.su.

又高又遠

說　明

兩個形容詞連用時，如果是「い形容詞」在前面，就要把形容詞最後的「い」變成「くて」，後面再加上形容詞即可（在後面的形容詞不用變化）。

例　句

♠甘<sup>あま</sup>くておいしいです。

（甘い→甘くて）

a.ma.ku.te./o.i.shi.i./de.su.

既甜又好吃。

♠おいしくて甘<sup>あま</sup>いです。

（おいしい→おいしくて）

o.i.shi.ku.te./a.ma.i./de.su.

既好吃又甜。

♠小<sup>ちい</sup>さくて黒<sup>くろ</sup>いです。

（小さい→小さくて）

chi.i.sa.ku.te./ku.ro.i./de.su.

既小又黑。

♠黒くて小さいです。

　（黒い→黒くて）

ku.ro.ku.te./chi.i.sa.i./de.su.

既黑又小。

♠優しくて面白い人です。

　（優い→優くて）

ya.sa.shi.ku.te./o.mo.shi.ro.i./hi.to./de.su.

既溫柔又有趣的人。

♠面白くて優しい人です。

　（優い→優くて）

o.mo.shi.ro.ku.te./ya.sa.shi.i./hi.to./de.su.

既有趣又溫柔的人。

♠大きくておいしいパンです。

　（大きい→大きくて）

o.o.ki.ku.te./o.i.shi.i./pa.n.de.su.

大又好吃的麵包。

♠おいしくて大きいパンです。

　（おいしい→おいしくて）

o.i.shi.ku.te./o.o.ki.i./pa.n.de.su.

好吃又大的麵包。

# 彼は優しいです。

ka.re.wa./ya.sa.shi.i./de.su.

他很溫柔。

（説　明）

い形容詞句的基本句型是：

AはBです。

A很B。

A：名詞

は：是

B：形容詞

です：助動詞

（例　句）

♠ 値段は高いです。

ne.da.n./wa./ta.ka.i./de.su.

價格很高。

♠ 冬は寒いです。

fu.yu./wa./sa.mu.i./de.su.

冬天很冷。

♠ 今日は暑いです。

kyo.u./wa./a.tsu.i./de.su.

今天很熱。

♠ この映画は面白いです。

ko.no./e.i.ga./wa./o.mo.shi.ro.i./de.su.

這部電影很有趣。

♠ 彼女は優しいです。

ka.no.jo./wa./ya.sa.shi.i./de.su.

她很溫柔。

♠ あの店のパンはおいしいです。

a.no./mi.se./no./pa.n./wa./o.i.shi.i./de.su.

那家店的麵包很好吃。

♠ 仕事は多いです。

shi.go.to./wa./o.o.i./de.su.

工作很多。

♠ 公園は大きいです。

ko.u.e.n./wa./o.o.ki.i./de.su.

公園很大。

♠ 服は新しいです。

fu.ku./wa./a.ta.ra.shi.i./de.su.

衣服是新的。

♠ 時間は長いです。

ji.ka.n./wa./na.ga.i./de.su.

時間很長。

## 單字

ねだん
値段　【價格】
ne.da.n.

ふゆ
冬　【冬天】
fu.yu.

しごと
仕事　【工作】
shi.go.to.

ふく
服　【衣服】
fu.ku.

じかん
時間　【時間】
ji.ka.n.

## 彼は優しかったです。

ka.re./wa./ya.sa.shi.ka.tta./de.su.

他以前很溫柔。

**說 明**

い形容詞的過去式，是去掉了字尾的「い」
改加上「かった」，如上句中的：
優しい→優しかった

句子最後面的助動詞「です」則不需要做變
化。因此い形容詞句的過去肯定句型為：
AはBです。
A：名詞
は：是
B：形容詞過去式
です：助動詞

**例 句**

♤値段は高かったです。

（高い→高かった）

ne.da.n./wa./ta.ka.ka.tta./de.su.

價格曾經很高。

♤去年の冬は寒かったです。

（寒い→寒かった）

kyo.ne.n./no./fu.yu./wa./sa.mu.ka.tta./de.su.

去年的冬天很冷。

♤ 今日は暑かったです。

（暑い→暑かった）

kyo.u./wa./a.tsu.ka.tta./de.su.

今天真熱。

♤ 昨日は楽しかったです。

（楽しい→楽しかった）

ki.no.u./wa./ta.no.shi.ka.tta./de.su.

昨天很開心。

♤ 仕事は多かったです。

（多い→多かった）

shi.go.to./wa./o.o.ka.tta./de.su.

工作曾經很多。

♤ 公園は大きかったです。

（大い→大かった）

ko.u.e.n./wa./o.o.ki.ka.tta./de.su.

公園曾經很大。

♤ 服は新しかったです。

（新しい→新しかった）

fu.ku./wa./a.ta.ra.shi.ka.tta./de.su.

衣服曾經是新的。

♤ 時間は長かったです。

（長い→長かった）

ji.ka.n./wa./na.ga.ka.tta./de.su.

時間曾經很長。

## 單字

きょねん
去年 【去年】
kyo.ne.n.

たの
楽しい 【開心的、快樂的】
ta.no.shi.i.

# 彼は優しいですか。

ka.re.wa.ya.sa.shi.i.de.su.ka.

他很溫柔嗎？

い形容詞句

（説　明）

い形容詞句的非過去肯定疑問句是：

AはBですか。

A：名詞

は：是

B：形容詞

です：助動詞

か：終助詞，表示疑問

（例　句）

♧ 値段は高いですか。

ne.da.n./wa./ta.ka.i./de.su.ka.

價格很高嗎？

♧ 冬は寒いですか。

fu.yu./wa./sa.mu.i./de.su.ka.

冬天很冷嗎？

♧ 仕事は多いですか。

shi.go.to./wa./o.o.i./de.su.ka.

工作很多嗎？

♤公園は大きいですか。

ko.u.e.n./wa./o.o.ki.i./de.su.ka.

公園很大嗎？

♤服は新しいですか。

fu.ku./wa./a.ta.ra.shi.i./de.su.ka.

衣服是新的嗎？

♤時間は長いですか。

ji.ka.n./wa./na.ga.i./de.su.ka.

時間長嗎？

♤その映画は面白いですか。

so.no./e.i.ga./wa./o.mo.shi.ro.i./de.su.ka.

那部電影有趣嗎？

♤このパンは甘いですか。

ko.no./pa.n./wa./a.ma.i./de.su.ka.

這個麵包甜嗎？

# 彼は優しかったですか。
<sub>かれ</sub> <sub>やさ</sub>

ke.re./wa./ya.sa.shi.ka.tta./de.su.ka.

他以前很溫柔嗎？

い形容詞句

## 說　明

い形容詞的過去式，是去掉了字尾的「い」
改加上「かった」如上句中的：
優しい→優しかった
<sub>やさ</sub>　　　<sub>やさ</sub>
最後再加上表示疑問的「か」。
い形容詞句的過去肯定疑問句是：
AはBですか。
A：名詞
は：是
B：形容詞的過去式
です：助動詞
か：終助詞，表示疑問

## 例　句

➧ 値段は高かったですか。
<sub>ね だん</sub>　<sub>たか</sub>

ne.da.n./wa./ta.ka.ka.tta./de.su.ka.

價格曾經很高嗎？

➧ 去年の冬は寒かったですか。
<sub>きょねん</sub>　<sub>ふゆ</sub>　<sub>さむ</sub>

kyo.ne.n./no./fu.yu./wa./sa.mu.ka.tta./de.su.ka.

去年的冬天很冷嗎？

♠ 仕事<sup>しごと</sup>は多<sup>おお</sup>かったですか。

shi.go.to./wa./o.o.ka.tta./de.su.ka.

工作曾經很多嗎？

♠ 公園<sup>こうえん</sup>は大<sup>おお</sup>きかったですか。

ko.u.e.n./wa./o.o.ki.ka.tta./de.su.ka.

公園曾經很大嗎？

♠ 服<sup>ふく</sup>は新<sup>あたら</sup>しかったですか。

fu.ku./wa./a.ta.ra.shi.ka.tta./de.su.ka.

衣服曾經是是新的嗎？

♠ 時間<sup>じかん</sup>は長<sup>なが</sup>かったですか。

ji.ka.n./wa./na.ga.ka.tta./de.su.ka.

時間曾經很長嗎？

## 1.彼は優しくないです。

ka.re./wa./ya.sa.shi.ku.na.i./de.su.

他不溫柔。

## 2.彼は優しくありません。

ka.re./wa./ya.sa.shi.ku.a.ri.ma.se.n.

他不溫柔。

說　明

い形容詞的否定形，是去掉了字尾的「い」改加上「くない」，而句尾的「です」則不變。在本句中，可以看到非過去肯定中的「やさしい」，變化成否定的時候，就變成了「やさしくない」。

除這種變化方法外，也可以寫成「やさしくありません」；「ありません」是動詞「沒有」的意思，在動詞前面的形容詞要去掉「い」改加上「く」，因此整句就變成了：「彼はやさしくありません」。

簡單整理肯定變成否定的變化如下：
い形容詞肯定→否定
①優しいです→優しくないです
②優しいです→優しくありません

例　句

♠ 値段は高くないです。

（高いです→高くないです）

ne.da.n./wa./ta.ka.ku.na.i./de.su.

價格不高。

♠ 冬は寒くないです。

（寒いです→寒くないです）

fu.yu./wa./sa.mu.ku.na.i./de.su.

冬天不冷。

♠ 仕事は多くないです。

（多いです→多くないです）

shi.go.to./wa./o.o.ku.na.i./de.su.

工作不多。

♠ 仕事は多くありません。

（多いです→多くありません）

shi.go.to./wa./o.o.ku./a.ri.ma.se.n.

工作不多。

♠ 公園は大きくないです。

（大きいです→大きくないです）

ko.u.e.n./wa./o.o.ki.ku.na.i./de.su.

公園不大。

♤ 公園は大きくありません。
　（大いです→大くありません）
ko.u.e.n./wa./o.o.ki.ku./a.ri.ma.se.n.
公園不大。

♤ 服は白くありません。
　（白いです→白くありません）
fu.ku./wa./shi.ro.ku./a.ri.ma.se.n.
衣服不是白的。

い形容詞句

## 1.彼は優しくなかったです。

ka.re./wa./ya.sa.shi.ku.na.ka.tta./de.su.

他以前不溫柔。

## 2.彼は優しくありませんでした。

ka.re./wa./ya.sa.shi.ku./a.ri.ma.se.n./de.shi.ta.

他以前不溫柔。

說　明

在過去肯定的句型中曾經說過，い形容詞的過去式，是去掉了字尾的「い」改加上「かった」。而否定型中的「ない」，剛好就是い形容詞。因此變化成過去式的時候，就變成了「やさしくなかった」。

除這種變化方法外，也可以寫成「やさしくありませんでした」；「ありません」是動詞「沒有」的意思，過去式要加上「でした」，因此句子成了：「彼はやさしくありませんでした」。

從肯定變成否定，再變成過去否定的變化如下：

い形容詞肯定→否定→過去否定

①優(やさ)しいです

→優(やさ)しくないです

→優(やさ)しくなかったです

②優(やさ)しいです

→優(やさ)しくありません

→優(やさ)しくありませんでした

## 例　句

♧ 値段(ねだん)は高(たか)くなかったです。

（高くないです→高くなかったです）

ne.da.n./wa./ta.ka.ku.na.ka.tta./de.su.

過去的價格不高。

♧ 去年(きょねん)の冬(ふゆ)は寒(さむ)くなかったです。

（寒くないです→寒くなかったです）

kyo.ne.n./no./fu.yu./wa./sa.mu.ku.na.ka.tta./de.su.

去年的冬天不冷。

♧ 仕事(しごと)は多(おお)くなかったです。

（多くないです→多くなかったです）

shi.go.to./wa./o.o.ku.na.ka.tta./de.su.

過去的工作不多。

♧ 公園(こうえん)は大(おお)きくありませんでした。

（大くありません→大きくありません

でした）

ko.u.e.n./wa./o.o.ki.ku./a.ri.ma.se.n./de.shi.ta.

以前的公園不大。

♤ 服は白くなかったです。

（白くないです→白くなかったです）

fu.ku./wa./shi.ro.ku.na.ka.tta./de.su.

衣服以前不是白的。

♤ 服は白くありませんでした。

（白くありません→白くありませんで
した）

fu.ku./wa./shi.ro.ku./a.ri.ma.se.n./de.shi.ta.

衣服以前不是白的。

**1.彼は優しくないですか。**

ka.re./wa./ya.sa.shi.ku.na.i./de.su.ka.

他不溫柔嗎？

**2.彼は優しくありませんか。**

ka.re./wa./ya.sa.shi.ku./a.ri.ma.se.n.ka.

他不溫柔嗎？

説　明

　　在非過去否定句後面加上代表疑問的「か」，即成為非過去否定疑問句。

　　い形容詞句的非過去否定疑問句句型是：

①AはBですか。

　A：名詞

　は：是

　B：い形容詞否定

　です：助動詞

　か：終助詞，表示疑問

②AはBありませんか。

　A：名詞

　は：是

　B：い形容詞（副詞化）

　か：終助詞，表示疑問

例　句

♤ 値段は高くないですか。

ne.da.n./wa./ta.ka.ku.na.i./de.su.ka.

價格不高嗎？

♤ 冬は寒くないですか。

fu.yu./wa./sa.mu.ku.na.i./de.su.ka.

冬天不冷嗎？

♤ 仕事は多くないですか。

shi.go.to./wa./o.o.ku.na.i./de.su.ka.

工作不多嗎？

♤ 足は長くないですか。

a.shi./wa./na.ga.ku.na.i./de.su.ka.

腿不長嗎？

♤ 公園は大きくありませんか。

ko.u.e.n./wa./o.o.ki.ku./a.ri.ma.se.n.ka.

公園不大嗎？

♤ 公園は大きくないですか。

ko.u.e.n./wa./o.o.ki.ku.na.i./de.su.ka.

公園不大嗎？

♤ 服は白くないですか。

fu.ku./wa./shi.ro.ku.na.i./de.su.ka.

衣服不是白的嗎？

＠服は白くありませんか。

fu.ku./wa./shi.ro.ku./a.ri.ma.se.n.ka.

衣服不是白的嗎？

### 單字

足 【腿】
a.shi.

## 1.彼は優しくなかったで すか。

かれ　やさ

ka.re./wa./ya.sa.shi.ku./na.ka.tta./de.su.ka.

他以前不溫柔嗎？

## 2.彼は優しくありません でしたか。

かれ　やさ

ka.re.wa./ya.sa.shi.ku./a.ri.ma.se.n./de.shi.ta.ka.

他以前不溫柔嗎？

説　明

在過去否定句後面加上代表疑問的「か」，
即成為過去否定疑問句。

い形容詞句的過去否定疑問句句型是：
①AはBですか。

A：名詞

は：是

B：い形容詞的過去否定型

です：助動詞

か：終助詞，表示疑問
②AはBありませんでしたか。

A：名詞

は：是

B：い形容詞（副詞化）

か：終助詞，表示疑問

例句

♤ 値段は高くなかったですか。

ne.da.n./wa./ta.ka.ku.na.ka.tta./de.su.ka.

以前價格不高嗎？

♤ 去年の冬は寒くなかったですか。

kyo.ne.n./no./fu.yu./wa./sa.mu.ku.na.ka.tta./de.su.ka.

去年的冬天不冷嗎？

♤ 仕事は多くなかったですか。

shi.go.to./wa./o.o.ku.na.ka.tta./de.su.ka.

以前工作不多嗎？

♤ 足は長くなかったですか。

a.shi./wa./na.ga.ku.na.ka.tta./de.su.ka.

以前腿不長嗎？

♤ 公園は大きくありませんでしたか。

ko.u.e.n./wa./o.o.ki.ku./a.ri.ma.se.n.de.shi.ta.ka.

公園以前不大嗎？

♤ 服は白くありませんでしたか。

fu.ku./wa./shi.ro.ku./a.ri.ma.se.n./de.hi.ta.ka.

衣服以前不是白的嗎？

# うさぎは耳が長いです。

u.sa.gi./wa./mi.mi./ga./na.ga.i./de.su.

兔子的耳朵很長。

## 說　明

在本句中，我們要用「耳は長い」來形容兔子，但是「耳は長い」本身就是一個名詞句，若要再放到名詞句中的時候，就要把「は」改成「が」。變化的方式如下：

うさぎは_____です。

↓

「耳は長い」改成

「耳が長い」（は→が）

↓

うさぎは耳が長いです。

## 例　句

♧キリンは首が長いです。

ki.ri.n./wa./ku.bi./ga./na.ga.i./de.su.

長頸鹿的脖子很長。

♧象は鼻が長いです。

zo.u./wa./ha.na./ga./na.ga.i./de.su.

大象的鼻子很長。

♧ 佐藤さんは足が長いです。

sa.to.u./sa.n./wa./a.shi./ga./na.ga.i./de.su.

佐藤先生(小姐)的腿很長。

♤ 長谷川先生は髪が短いです。

ha.se.ga.wa./se.n.se.i./wa./ka.mi./ga./mi.ji.ka.i./
de.su.

長谷川老師的頭髮很短。

♧ あの人は頭がいいです。

a.no./hi.to./wa./a.ta.ma./ga./i.i./de.su.

那個人的頭腦很好。

♧ 宮崎は夏が暑いです。

mi.ya.za.ki./wa./na.tsu./ga./a.tsu.i./de.su.

宮崎縣的夏天很熱。

## 單字

うさぎ 【兔子】
u.sa.gi.

耳 【耳朵】
mi.mi.

キリン 【長頸鹿】
ki.ri.n.

首 【脖子】
ku.bi.

象　【大象】
zo.u.

鼻　【鼻子】
ha.na.

髪　【頭髮】
ka.mi.

短い　【短的】
mi.ji.ka.i.

頭　【頭、頭腦】
a.ta.ma.

# い形容詞句總覽

例　句

い形容詞

♤ おいしい。

o.i.shi.i.

好吃。

い形容詞＋です

♤ おいしいです。

o.i.shi.i./de.su.

好吃。

い形容詞＋名詞

♤ おいしいケーキです。

o.i.shi.i./ke.e.ki./de.su.

好吃的蛋糕。

い形容詞（轉為副詞）＋動詞

♤ おいしく食べます。

o.i.shi.ku./ta.be.ma.su.

津津有味地吃。

い形容詞＋形容詞

♤ おいしくて安いです。

o.i.shi.ku.te./ya.su.i.de.su.

既好吃又便宜。

**非過去肯定句**

♤ ケーキはおいしいです。

ke.e.ki./wa./o.i.shi.i./de.su.

蛋糕很好吃。

**過去肯定句**

♤ 昨日のケーキはおいしかったです。

ki.no.u./no./ke.e.ki./wa./o.i.shi.ka.tta./de.su.

昨天的蛋糕很好吃。

**非過去肯定疑問句**

♤ ケーキはおいしいですか。

ke.e.ki./wa./o.i.shi.i./de.su.ka.

蛋糕很好吃嗎？

**過去肯定疑問句**

♤ 昨日のケーキはおいしかったですか。

ki.no.u./no./ke.e.ki./wa./o.i.shi.ka.tta./de.su.ka.

昨天的蛋糕好吃嗎？

**非過去否定句**

♤①ケーキはおいしくないです。

ke.e.ki./wa./o.i.shi.ku.na.i./de.su.

蛋糕不好吃。

♤②ケーキはおいしくありません。

ke.e.ki./wa./o.i.shi.ku./a.ri.ma.se.n.

蛋糕不好吃。

**過去否定句**

♤①昨日(きのう)のケーキはおいしくなかったです。

ki.no.u./no./ke.e.ki./wa./o.i.shi.ku.na.ka.tta./de.su.

昨天的蛋糕不好吃。

♤②昨日(きのう)のケーキはおいしくありませんでした。

ki.no.u./no./ke.e.ki./wa./o.i.shi.ku.a.ri.ma.se.n./de.shi.ta.

昨天的蛋糕不好吃。

**非過去否定疑問句**

♤①ケーキはおいしくないですか。

ke.e.ki./wa./o.i.shi.ku.na.i./de.su.ka.

蛋糕不好吃嗎？

♤②ケーキはおいしくありませんか。

ke.e.ki./wa./o.i.shi.ku./a.ri.ma.se.n.ka.

蛋糕不好吃嗎？

**過去否定疑問句**

♤①昨日(きのう)のケーキはおいしくなかったですか。

ki.no.u./no./ke.e.ki./wa./o.i.shi.ku.na.ka.tta./de.su.ka.

昨天的蛋糕不好吃嗎？

い形容詞句

♧ ②昨日のケーキはおいしくありません
　　でしたか。

ki.no.u./no./ke.e.ki./wa./o.i.shi.ku./a.ri.ma.se.n./
de.shi.ta.ka.

昨天的蛋糕不好吃嗎？

延伸句型

♧ あの店はケーキがおいしいです。

a.no./mi.se./wa./ke.e.ki./ga./o.i.shi.i./de.su.

那家店的蛋糕好吃。

第**4**課

# な形容詞句

# 嫌いです。

ki.ra.i./de.su.

討厭。

### 說　明

描敘人、事、物時，可以單獨使用「な形容詞」，而加上「です」會較為正式和有禮貌。

な形容詞句

### 例　句

♧ 元気です。

ge.n.ki.de.su.

有精神。

♧ 静かです。

shi.zu.ka./de.su.

安靜。

♧ 上手です。

jo.u.zu.de.su.

拿手的。

♧ 賑やかです。

ni.gi.ya.ka./de.su.

很熱鬧。

♧ 好きです。

su.ki./de.su.

喜歡。

♠ 大変です。

ta.i.he.n./de.su.

糟了。/不得了了。

♠ 複雑です。

fu.ku.za.tsu./de.su.

很複雜。

♠ 特別です。

to.ku.be.tsu.de.su.

特別的。

♠ 不思議です。

fu.shi.gi.de.su.

不可思議的。

♠ 自由です。

ji.yu.u.de.su.

自由的。

♠ 真面目です。

ma.ji.me.de.su.

認真的。

# 032

# 嫌いな人です。

ki.ra.i./na./hi.to./de.su.

討厭的人。

な形容詞句

説　明

「な形容詞」後面加名詞時，要在形容詞後面再加上「な」，才能完整表達意思，故句型如下：

AなBです

A：な形容詞

B：名詞

です：助動詞

例　句

♧ 静かな公園です。

shi.zu.ka./na./ko.u.e.n./de.su.

安靜的公園。

♧ 賑やかな都市です。

ni.gi.ya.ka./na./to.shi./de.su.

熱鬧的城市。

♧ 好きなうたです。

su.ki./na./u.ta./de.su.

喜歡的歌。

♤ 大変なことです。

ta.i.he.n./na./ko.to./de.su.

辛苦的事。／糟糕的事。

♤ 複雑な問題です。

fu.ku.za.tsu./na./mo.n.da.i./de.su.

複雜的問題。

♤ きれいな人です。

ki.re.i./na./hi.to.de.su.

美麗的人。

## 單字

都市 【城市、都市】
to.shi.

うた 【歌】
u.ta.

こと 【事情】
ko.to.

問題 【問題】
mo.n.da.i.

# 033

# 上手に話します。

じょうず　はな

jo.u.zu./ni./ha.na.shi.ma.su.

説得很好。

說　明

「な形容詞」後面加動詞時，要在形容詞後面的な換成「に」，將「な形容詞」變為副詞，句型如下：

AにB

A：な形容詞

B：動詞

例　句

☝ 静かに食べます。
しず　　　た

shi.zu.ka./ni./ta.be.ma.su.

安靜地吃

☝ 上手になります。
じょうず

jo.u.zu./ni./na.ri.ma.su.

變得拿手。

☝ 元気に答えます。
げんき　　こた

ge.n.ki./ni./ko.ta.e.ma.su.

有精神地回答。

な形容詞句

♧ 好きになります。

su.ki./ni./na.ri.ma.su.

變得喜歡。

♧ 大変になります。

ta.i.he.n./ni./na.ri.ma.su.

變得嚴重。

♧ きれいに書きます。

ki.re.i./ni./ka.ki.ma.su.

寫得整齊。

## 單字

答えます 【回答】
ko.ta.e.ma.su.

書きます 【寫】
ka.ki.ma.su.

# 簡単で便利です。

ka.n.ta.n./de./be.n.ri./de.su.

簡單又方便。

説　明

両個形容詞連用時，如果是「な形容詞」在前面，就要在「な形容詞」後面加上「で」，後面再加上形容詞即可（在後面的形容詞不用變化）。句型如下：

AでBです。

（A：な形容詞／B：な形容詞或い形容詞／です：助動詞）

な形容詞句

例　句

◊ 静かできれいです。

shi.zu.ka./de./ki.re.i./de.su.

既文靜又漂亮。／既安靜又整齊。

◊ きれいで静かです。

ki.re.i./de./shi.zu.ka./de.su.

既漂亮又文靜。／既整齊又安靜。

◊ 大変で複雑です。

ta.i.he.n./de./fu.ku.za.tsu./de.su.

既糟糕又複雜。

♠ 複雑で大変です。

fu.ku.za.tsu./de./ta.i.he.n./de.su.

既複雜又糟糕。

♠ 元気できれいな人です。

ge.n.ki./de./ki.re.i./na./hi.to./de.su.

既有精神又漂亮的人。

♠ きれいで元気な人です。

ki.re.i./de./ge.n.ki./na./hi.to./de.su.

既漂亮又有精神的人。

♠ 賑やかで便利な町です。

ni.gi.ya.ka./de./be.n.ri./na./ma.chi./de.su.

熱鬧又生活便利的城市。

♠ 便利で賑やかな町です。

be.n.ri./de./ni.gi.ya.ka./na./ma.chi./de.su.

生活便利又熱鬧的城市。

# 先生は元気です。
**せんせい　げんき**

se.n.se.i./wa./ge.n.ki./de.su.

老師很有精神。

説　明

な形容詞句的非過去肯定句句型是：

AはBです

（A：名詞 / は：是 /B：な形容詞 /です：助

動詞）

例　句

♧ 発想はユニークです。
**はっそう**

ha.sso.u./wa./u.ni.i.ku./de.su.

想法很獨特。

♧ スポーツは上手です。
**じょうず**

su.po.o.tsu./wa./jo.u.zu./de.su.

運動很拿手。

♧ 大家さんは親切です。
**おおや　　　しんせつ**

o.o.ya.sa.n./wa./shi.n.se.tsu./de.su.

房東很親切。

♧ 仕事は大変です。
**しごと　たいへん**

shi.go.to./wa./ta.i.he.n./de.su.

工作很辛苦。

◇ 交通は不便です。

ko.u.tsu.u./wa./fu.be.n./de.su.

交通不方便。

◇ 部屋はきれいです。

he.ya./wa./ki.re.i./de.su.

房間很乾淨。

## 單字

発想 【想法、發想】

ha.sso.u.

スポーツ 【運動、體育】

su.po.o.tsu.

大家さん 【房東】

o.o.ya.sa.n.

仕事 【工作】

shi.go.to.

交通 【交通】

ko.u.tsu.u.

部屋 【房間】

he.ya.

# 先生は元気でした。
### せんせい　げんき

se.n.se.i./wa./ge.n.ki./de.shi.ta.

老師曾經很有精神。

（說　明）

な形容詞句的過去肯定句，和名詞的過去肯定句變化方式相同，是將「です」改成「でした」；句型如下：

AはBでした。

（A：名詞/は：是/B：な形容詞/でした：です的過去式）

註：い形容詞和な形容詞的過去式句型不同，可參照前面い形容詞句之章節

（例　句）

♧ 発想はユニークでした。
### はっそう

ha.sso.u./wa./yu.ni.i.ku./de.shi.ta.

想法曾經很獨特。

♧ スポーツは上手でした。
### じょうず

su.po.o.tsu./wa./jo.u.zu./de.shi.ta.

運動曾經很拿手。

♧ 大家さんは親切でした。
### おおや　　　　しんせつ

o.o.ya.sa.n./wa./shi.n.se.tsu./de.shi.ta.

房東曾經很親切。

♤ 仕事は大変でした。

shi.go.to./wa./ta.i.he.n./de.shi.ta.

工作曾經很辛苦。

♤ 交通は不便でした。

ko.u.tsu.u./wa./fu.be.n./de.shi.ta.

交通曾經不方便。

♤ 部屋はきれいでした。

he.ya./wa./ki.re.i./de.shi.ta.

房間曾經很乾淨。

♤ ここは賑やかでした。

ko.ko./wa./ni.gi.ya.ka./de.shi.ta.

這裡曾經很熱鬧。

## 先生は元気ですか。
せんせい　げんき

se.n.se.i./wa./ge.n.ki./de.su.ka.

老師有精神嗎？

說　明

在非過去肯定句的後面加上表示疑問的
「か」，即是「非過去肯定疑問句」，句型
如下：

AはBですか

(A：名詞/は：是/B：な形容詞/です：助
動詞/か：終助詞，表示疑問)

な形容詞句

例　句

♤発想はユニークですか。
はっそう

ha.sso.u./wa./u.ni.i.ku./de.su.ka.

想法很獨特嗎？

♤スポーツは上手ですか。
じょうず

su.po.o.tsu./wa./jo.u.zu./de.su.ka.

運動很拿手嗎？

♤大家さんは親切ですか。
おおや　　　しんせつ

o.o.ya.sa.n./wa./shi.n.se.tsu./de.su.ka.

房東很親切嗎？

♠ 仕事は大変ですか。

shi.go.to./wa./ta.i.he.n./de.su.ka.

工作很辛苦嗎？

♠ 交通は不便ですか。

ko.u.tsu.u./wa./fu.be.n./de.su.ka.

交通不方便嗎？

♠ 部屋はきれいですか。

he.ya./wa./ki.re.i./de.su.ka.

房間很乾淨嗎？

♠ この町は賑やかですか。

ko.no./ma.chi./wa./ni.gi.ya.ka./de.su.ka.

這城市熱鬧嗎？

## 單字

町　【城市】

ma.chi.

# 先生は元気でしたか。
### せんせい　げんき

se.n.se.i./wa./ge.n.ki./de.shi.ta.ka.

老師曾經很有精神嗎？

**說　明**

在過去肯定句的後面加上表示疑問的「か」，
即是「過去肯定疑問句」，句型如下：
AはBでしたか。
(A：名詞/は：是/B：な形容詞/でした：
です的過去式/か：終助詞，表示疑問)

な形容詞句

**例　句**

♧ 発想はユニークでしたか。
はっそう

ha.sso.u./wa./u.ni.i.ku./de.shi.ta.ka.

想法曾經很獨特嗎？

♧ スポーツは上手でしたか。
じょうず

su.po.o.tsu./wa./jo.u.zu./de.shi.ta.ka.

運動曾經很拿手嗎？

♧ 大家さんは親切でしたか。
おおや　　　　しんせつ

o.o.ya.sa.n./wa./shi.n.se.tsu./de.shi.ta.ka.

房東曾經很親切嗎？

♧ 仕事は大変でしたか。
しごと　たいへん

shi.go.to./wa./ta.i.he.n./de.shi.ta.ka.

工作曾經很辛苦嗎？

⊕ 交通は不便でしたか。

ko.u.tsu.u./wa./fu.be.n./de.shi.ta.ka.

交通曾經不方便嗎？

⊕ 部屋はきれいでしたか。

he.ya./wa./ki.re.i./de.shi.ta.ka.

房間曾經很乾淨嗎？

⊕ この町は賑やかでしたか。

ko.no./ma.chi./wa./ni.gi.ya.ka./de.shi.ta.ka.

這城市曾經熱鬧嗎？

## 1.先生は元気ではありません。

せんせい　げんき

se.n.se.i./wa./ge.n.ki./de.wa./a.ri.ma.se.n.

老師沒有精神。

## 2.先生は元気じゃありません。

せんせい　げんき

se.n.se.i./wa./ge.n.ki./ja.a.ri.ma.se.n.

老師沒有精神。

な形容詞句

説　明

な形容詞句的非過去否定句和名詞句相同，都是在句尾將「です」改為「ではありません」。「じゃありません」是由「ではありません」發音演變而來，故兩者間可替代使用；句型如下：

①AはBではありません。

(A：名詞/は：是/B：な形容詞/
ではありません：です的否定形)

②AはBじゃありません。

(A：名詞/は：是/B：な形容詞/
じゃありません：です的否定形)

例　句

♦ 発想はユニークではありません。

ha.sso.u./wa./yu.ni.i.ku./de.wa./a.ri.ma.se.n.

想法不獨特。

♦ スポーツは上手ではありません。

su.po.o.tsu./wa./jo.u.zu./de.wa./a.ri.ma.se.n.

運動不拿手。

♦ 大家さんは親切ではありません。

o.o.ya.sa.n./wa./shi.n.se.tsu./de.wa./a.ri.ma.se.n.

房東不親切。

♦ 仕事は大変ではありません。

shi.go.to./wa./ta.i.he.n./de.wa./a.ri.ma.se.n.

工作不辛苦。

♦ 交通は不便じゃありません。

ko.u.tsu.u./wa./fu.be.n./ja.a.ri.ma.se.n.

交通不會不便。／交通很方便。

♦ 部屋はきれいじゃありません。

he.ya./wa./ki.re.i./ja.a.ri.ma.se.n.

房間不乾淨。

♦ 部屋はきれいではありません。

he.ya./wa./ki.re.i./de.wa./a.ri.ma.se.n.

房間不乾淨。

♤この町は賑やかではありません。

ko.no./ma.chi./wa./ni.gi.ya.ka./de.wa./a.ri.ma.
se.n.

這城市不熱鬧。

♤この町は賑やかじゃありません。

ko.no./ma.chi./wa./ni.gi.ya.ka./ja./a.ri.ma.se.n.

這城市不熱鬧。

🎵 040

## 1.先生は元気ではありませんでした。

せんせい　げんき

se.n.se.i./wa./ge.n.ki./de.wa./a.ri.ma.se.n./de.shi.ta.

老師以前沒有精神／老師以前身體不太好。

## 2.先生は元気じゃありませんでした。

せんせい　げんき

se.n.se.i./wa./ge.n.ki./ja.a.ri.ma.se.n./de.shi.ta.

老師以前沒有精神／老師以前身體不太好。

（說　明）

　　な形容詞句的過去否定句和名詞句相同，都
是在句尾加上「でした」。同樣的，「ではあり
ませんでした」和「じゃありませんでした」兩
者間皆可替代使用，句型如下：

①AはBではありませんでした。

　（A：名詞／は：是／B：な形容詞／

　ではありませんでした：です的過去否定形）

②AはBじゃありませんでした。

　（A：名詞　／は：是　／B：な形容詞／

　じゃありませんでした：です的過去否定形）

**例　句**

♤ 発想はユニークではありませんでした。

ha.sso.u./wa./u.ni.i.ku./de.wa./a.ri.ma.se.n./de.shi.ta.

以前想法不獨特。

♤ スポーツは上手ではありませんでした。

su.po.o.tsu./wa./jo.u.zu./de.wa./a.ri.ma.se.n./de.shi.ta.

以前運動不拿手。

♤ 大家さんは親切ではありませんでした。

o.o.ya.sa.n./wa./shi.n.se.tsu./de.wa./a.ri.ma.se.n./de.shi.ta.

房東以前不親切。

♤ 仕事は大変ではありませんでした。

shi.go.to./wa./ta.i.he.n./de.wa./a.ri.ma.se.n./de.shi.ta.

以前工作不辛苦。

♤ 交通は不便じゃありませんでした。

ko.u.tsu.u./wa./fu.be.n./ja.a.ri.ma.se.n./de.shi.ta.

以前交通不會不便。／以前交通很方便。

♤ 部屋はきれいじゃありませんでした。

he.ya.wa./ki.re.i./ja.a.ri.ma.se.n./de.sh.ta.

以前房間不乾淨。

113

♧部屋はきれいではありませんでした。

he.ya./wa./ki.re.i./de.wa./a.ri.ma.se.n./de.shi.ta.

以前房間不乾淨。

## 1.先生は元気ではありま せんか。
せんせい　げんき

se.n.se.i./wa./ge.n.ki./de.wa./a.ri.ma.se.n.ka.

老師沒有精神嗎？

## 2.先生は元気じゃありま せんか。
せんせい　げんき

se.n.se.i./wa./ge.n.ki./ja.a.ri.ma.se.n.ka.

老師沒有精神嗎？

な形容詞句

**說明**

在な形容詞句的非過去否定句的句尾，加上表示疑問的「か」，即是非過去否定疑問句，句型如下：

①AはBではありませんか。

（A：名詞／は：是／B：な形容詞／
ではありません：です的否定形　／か：終助詞，表示疑問）

②AはBじゃありませんか。

（A：名詞／は：是／B：な形容詞／
じゃありません：です的否定形　／か：終助詞，表示疑問）

## 例　句

♧ 発想はユニークではありませんか。

ha.sso.u./wa./u.ni.i.ku./de.wa./a.ri.ma.se.n.ka.

想法不獨特嗎？

♧ スポーツは上手ではありませんか。

su.po.o.tsu./wa./jo.u.zu./de.wa./a.ri.ma.se.n.ka.

運動不拿手嗎？

♧ 大家さんは親切ではありませんか。

o.o.ya.sa.n./wa./shi.n.se.tsu./de.wa./a.ri.ma.se.n.
ka.

房東不親切嗎？

♧ 仕事は大変ではありませんか。

shi.go.to./wa./ta.i.he.n./de.wa./a.ri.ma.se.n.ka.

工作不辛苦嗎？

♧ 交通は不便じゃありませんか。

ko.u.tsu.u./wa./fu.be.n./ja.a.ri.ma.se.n.ka.

交通不會不便嗎？／交通很方便嗎？

♧ 部屋はきれいではありませんか。

he.ya./wa./ki.re.i./de.wa./a.ri.ma.se.n.ka.

房間不乾淨嗎？

♧ 部屋はきれいじゃありませんか。

he.ya./wa./ki.re.i./ja.a.ri.ma.se.n.ka.

房間不乾淨嗎？

この町は賑やかではありませんか。

ko.no./ma.chi./wa./ni.gi.ya.ka./de.wa./a.ri.ma.
se.n.ka.

這城市不熱鬧嗎？

この町は賑やかじゃありませんか。

ko.no./ma.chi./wa./ni.gi.ya.ka./ja./a.ri.ma.se.n.
ka.

這城市不熱鬧嗎？

## 1.先生は元気ではありませんでしたか。

せんせい　げんき

se.n.se.i./wa./ge.n.ki./de.wa./a.ri.ma.se.n./de.shi.ta.ka.

老師以前沒有精神嗎／老師以前身體不好嗎？

## 2.先生は元気じゃありませんでしたか。

せんせい　げんき

se.n.se.i./wa./ge.n.ki./ja.a.ri.ma.se.n./de.shi.ta.ka.

老師以前沒有精神嗎／老師以前身體不好嗎？

説　明

　　在な形容詞句的過去否定句的句尾，加上表示疑問的「か」，即是過去否定疑問句，句型如下：

①AはBではありませんでしたか。

　　(A：名詞／は：是／B：な形容詞／

　　ではありませんでした：です的過去否定形

　　／か：終助詞，表示疑問)

②AはBじゃありませんでしたか。

　　(A：名詞／は：是／B：な形容詞／

　　じゃありませんでした：です的過去否定形

　　／か：終助詞，表示疑問)

（例句）

♤ 発想はユニークではありませんでしたか。

ha.sso.u./wa./u.ni.i.ku./de.wa./a.ri.ma.se.n.de.
shi.ta.ka.

以前想法不獨特嗎？

♤ スポーツは上手ではありませんでしたか。

su.po.o.tsu./wa./jo.u.zu./de.wa./a.ri.ma.se.n./de.
shi.ta.ka.

以前運動不拿手嗎？

♤ 大家さんは親切ではありませんでしたか。

o.o.ya.sa.n./wa./shi.n.se.tsu./de.wa./a.ri.ma.se.
n./de.shi.ta.ka.

房東以前不親切嗎？

♤ 仕事は大変ではありませんでしたか。

shi.go.to./wa./ta.i.he.n./de.wa./a.ri.ma.se.n./de.
shi.ta.ka.

以前工作不辛苦嗎？

♤ 交通は不便じゃありませんでしたか。

ko.u.tsu.u./wa./fu.be.n./ja.a.ri.ma.se.n./de.shi.ta.
ka.

以前交通不會不便嗎？／以前交通很方便嗎？

♤ 部屋はきれいじゃありませんでしたか。

he.ya./wa./ki.re.i./ja.a.ri.ma.se.n./de.shi.ta.ka.

以前房間不乾淨嗎？

# な形容詞句總覽

## 例　句

### な形容詞

♤ まじめ。

　ma.ji.me.

　認真。

### な形容詞＋です

♤ まじめです。

　ma.ji.me./de.su.

　認真。

### な形容詞＋名詞

♤ まじめな人です。

　ma.ji.me./na./hi.to.de.su.

　認真的人。

### な形容詞（轉為副詞）＋動詞

♤ まじめに勉強します。

　ma.ji.me./ni./be.n.kyo.u./shi.ma.su.

　認真的學習。

### な形容詞＋形容詞

♤ まじめできれいです。

　ma.ji.me./de./ki.re.i./de.su.

　既認真又漂亮。

| 非過去肯定句 |

♤ 彼はまじめです。

ka.re./wa./ma.ji.me./de.su.

他很認真。

| 過去肯定句 |

♤ 彼はまじめでした。

ka.re./wa./ma.ji.me./de.shi.da.

他以前很認真。

| 非過去肯定疑問句 |

♤ 彼はまじめですか。

ka.re./wa./ma.ji.me./de.su./ka.

他很認真嗎？

| 過去肯定疑問句 |

♤ 彼はまじめでしたか。

ka.re./wa./ma.ji.me./de.shi.ta./ka.

他以前很認真嗎？

| 非過去否定句 |

♤ ①彼はまじめではありません。

ka.re./wa./ma.ji.me./de.wa./a.ri.ma.se.n.

他不認真。

♤ ②彼はまじめじゃありません。

ka.re./wa./ma.ji.me./ja.a.ri.ma.se.n.

他不認真。

**過去否定句**

♤①彼はまじめではありませんでした。

ka.re./wa./ma.ji.me./de.wa./a.ri.ma.se.n./de.shi.ta.

他以前不認真。

♤②彼はまじめじゃありませんでした。

ka.re./wa./ma.ji.me./ja.a.ri.ma.se.n./de.shi.ta.

他以前不認真。

**非過去否定疑問句**

♠①彼はまじめではありませんか。

ka.re./wa./ma.ji.me./de.wa./a.ri.ma.se.n.ka.

他不認真嗎？

♠②彼はまじめじゃありませんか。

ka.re./wa./ma.ji.me./ja.a.ri.ma.se.n.ka.

他不認真嗎？

**過去否定疑問句**

♧①彼はまじめではありませんでしたか。

ka.re./wa./ma.ji.me./de.wa./a.ri.ma.se.n./de.shi.ta.ka.

他以前不認真嗎？

♤②彼はまじめじゃありませんでしたか。

ka.re./wa./ma.ji.me./ja.a.ri.ma.se.n./de.shi.ta.ka.

他以前不認真嗎？

# 第 5 課
## 動詞－基礎篇

# 動詞的形態

## 說　明

在日語中，依照說話的對象不同，而有敬
體、常體之分。敬體即是對長輩、上司等地
位較發話者身分高的人所使用的文體。而
「常體」，則是和熟識的朋友、平輩或是晚
輩使用的文體。

在溝通時，使用敬體是較為禮貌的，因此初
學日語時，都以學習敬體基本形（丁寧語）
為主。

接下來要學習的動詞變化，也是以動詞的敬
體基本形「ます形」為主。

至於前面學過的名詞句、形容詞句，句尾都
是用「です」或是加上「でした」，就是屬
於敬體的一種。

動詞｜基礎篇

| 對象 | 形態 | 例 |
|------|------|-----|
| 地位較發話者高 | 尊敬語 | お会いする(會晤) |
| 地位較發話者高或平等 | 基本形(ます形) | 会います(見面) |
| 地位較發話者低 | 常體 | 会う(碰面) |

# 自動詞

説　明

自動詞指的是「自然發生的動作」。像是下雨、晴天、花開……等，都是自然發生的動作，也可以說是動作自然產生變化，而不需要受詞。

為了方便學習，在這裡的動詞都以「敬體ます形」的形式列出。

而自動詞在做肯定、否定、過去等形態的變化時，主要都是語幹不變（語幹即是動詞中ます之前的部分，如咲きます的語幹即是咲き），而只變後面「ます」的部分。註：在日語中，有些動詞既是自動又是他動，或是會有明明是靠他人完成的動作，卻用自動詞表現，初學者可以先了解動詞的意思，再依動作的主語來判別是自動詞還是他動詞。

## 單字

咲きます　【開花】
sa.ki.ma.su.

**降ります**　【降下、下雨、下雪】
fu.ri.ma.su.

起きます 【起床】
o.ki.ma.su.

住みます 【住】
su.mi.ma.su.

座ります 【坐】
su.wa.ri.ma.su.

寝ます 【睡】
ne.ma.su.

落ちます 【掉下】
o.chi.ma.su.

帰ります 【回去】
ka.e.ri.ma.su.

終わります 【結束】
o.wa.ri.ma.su.

遅れます 【遅到、遅】
o.ku.re.ma.su.

変わります 【改變】
ka.wa.ri.ma.su.

壊れます 【壊掉】
ko.wa.re.ma.su.

動詞—基礎篇

# 他動詞

說　明

他動詞指的是「可以驅使其他事物產生作用的動詞」。也可以說是因為要達成某一個目的而進行的動作。由此可知，在使用他動詞的時候，除了執行動作的主語之外，還會有一個產生動作的受詞，而使用的助詞也和自動詞不同。

以下，就先學習幾個常見的他動詞。同樣的，也是先以「ます形」的方式來呈現這些動詞。

而他動詞在做肯定、否定、過去等形態的變化時，和自動詞相同，主要都是語幹不變（語幹即是動詞中ます之前的部分，如食べます的語幹即是食べ），而只變後面「ます」的部分。

## 單字

食<sup>た</sup>べます　【吃】
ta.be.ma.su.

読<sup>よ</sup>みます　【閱讀】
yo.mi.ma.su.

聞<sup>き</sup>きます 【聽】
ki.ki.ma.su.

---

落<sup>お</sup>とします 【弄掉】
o.to.shi.ma.su.

---

見<sup>み</sup>ます 【看】
mi.ma.su.

---

書<sup>か</sup>きます 【寫】
ka.ki.ma.su.

---

買<sup>か</sup>います 【買】
ka.i.ma.su.

---

します 【做】
shi.ma.su.

---

消<sup>け</sup>します 【關掉】
ke.shi.ma.su.

---

売<sup>う</sup>ります 【販賣】
u.ri.ma.su.

---

入<sup>い</sup>れます 【放入、加入】
i.re.ma.su.

---

送<sup>おく</sup>ります 【送】
o.ku.ri.ma.su.

動詞‧基礎篇

# 第 **6** 課
## 自動詞句

## 状況が変わります。
じょうきょう

jo.u.kyo.u./ga./ka.wa.ri.ma.su.

狀況改變。

(說 明)

自動詞的非過去肯定的句型是：

AがVます。

（A：名詞/が：格助詞/Vます：自動詞的
敬體基本形）

在名詞句、形容詞句中都是用「は」，但在
自動詞句中，依照主語和句意的不同，格助
詞會有「は」和「が」兩種不同的用法。為
了方便學習，本書先用「が」為主要使用的
助詞。在這裡，不妨將「が」想成是表示動
作發生者，較方便記憶。

註：為方便學習，初學階段建議背誦單字時
以ます形的形式背誦。

(例 句)

♠雨が降ります。
あめ ふ

a.me./ga./fu.ri.ma.su.

下雨。

自動詞句

♠ 人が集まります。

hi.to./ga./a.tsu.ma.ri.ma.su.

人聚集。

♠ 商品が届きます。

sho.u.hi.n./ga./to.do.ki.ma.su.

商品寄到。

♠ 時計が動きます。

to.ke.i./ga./u.go.ki.ma.su.

時鐘運轉。

♠ 花が咲きます。

ha.na./ga./sa.ki.ma.su.

花開。

## 單字

| |
|---|
| 雨 【雨】<br>a.me. |
| 商品 【商品】<br>sho.u.hi.n. |
| 届きます 【寄送】<br>to.do.ki.ma.su. |
| 時計 【時鐘】<br>to.ke.i. |

**動きます** 【動、活動】
うご
u.go.ki.ma.su.

**花** 【花】
はな
ha.na.

**人** 【人】
ひと
hi.to.

**集まります** 【聚集】
あつ
a.tsu.ma.ri.ma.su.

自動詞句

# 状況が変わりました。

じょうきょう　か

jo.u.kyo.u./ga./ka.wa.ri.ma.shi.ta.

狀況已經改變了。

## 說　明

自動詞詞的過去肯定句，就是要將動詞從非過去改成過去式。例如本句中的「変わります」變成了「変わりました」。即是將非過去的「ます」變成「ました」。而前面的名詞、動詞語幹（ます前面的部分）則不變。

句型為：

AがVました。

（A：名詞/が：格助詞/Vました：自動詞的敬體基本形過去式）

## 例　句

♠ 財布が落ちました。
　さいふ　　　お

（落ます→落ちました）

sa.i.fu./ga./o.chi.ma.shi.ta.

錢包掉了。

♠ 彼が帰りました。
　かれ　　かえ

（帰ります→帰りました）

ka.re./ga./ka.e.ri.ma.shi.ta.

他已經回去了。

♠ 商品が届きました。

（届きます→届きました）

sho.u.hi.n./ga./to.do.ki.ma.shi.ta.

商品已經寄到。

♠ 佐藤さんが起きました。

（起きます→起きました）

sa.to.u.sa.n./ga./o.ki.ma.shi.ta.

佐藤先生已經起來了。

## 單字

**財布** 【錢包】

sa.i.fu.

自動詞句

🎧 047

# 状況が変わりますか。

jo.u.kyo.u./ga./ka.wa.ri.ma.su.ka.

状況會改變嗎？

### 說 明

在非過去肯定句的話面，加上代表疑問的
「か」即是非過去肯定疑問句。在正式文法
中，疑問句的句尾是用句號而非問號。

自動詞的非過去肯定疑問句句型是：

AがVますか。

（A：名詞/が：格助詞/

Vます：自動詞的敬體基本形/か：終助詞，
表示疑問）

### 例 句

⬥ 雨が降りますか。

a.me./ga./fu.ri.ma.su.ka.

會下雨嗎？

⬥ 人が集まりますか。

hi.to./ga./a.tsu.ma.ri.ma.su.ka.

人會聚集嗎？

⬥ 商品が届きますか。

sho.u.hi.n./ga./to.do.ki.ma.su.ka.

商品將會寄到嗎？

♠ 花が咲きますか。

ha.na./ga./sa.ki.ma.su.ka.

花會開嗎？

♣ 電車が遅れますか。

de.n.sha./ga./o.ku.re.ma.su.ka.

電車會誤點嗎？

♣ 会議が五時に終わりますか。

ka.i.gi./ga./go.ji./ni./o.wa.ri.ma.su.ka.

會議在五點結束嗎？

自動詞句

# 状況が変わりましたか。

じょうきょう / か

jo.u.kyo.u./ga./ka.wa.ri.ma.shi.ta.ka.

狀況已經改變了嗎?

## 說 明

在「過去肯定句」後面加上表示疑問的
「か」,即是過去肯定疑問句;同樣的,在
正式文法中,句尾是用句號而非問號。
自動詞的過去肯定疑問句句型是:
AがVましたか。
(A:名詞/が:格助詞/
Vました:自動詞的敬體基本形過去式 /
か:終助詞,表示疑問)

## 例 句

❖ 商品が届きましたか。

しょうひん / とど

sho.u.hi.n./ga./to.do.ki.ma.shi.ta.ka.

商品已經寄到了嗎?

❖ 彼が起きましたか。

かれ / お

ka.re./ga./o.ki.ma.shi.ta.ka.

他已經起來了嗎?

❖ 彼が帰りましたか。

かれ / かえ

ka.re./ga./ka.e.ri.ma.shi.ta.ka.

他已經回去了嗎?

◆ 花が咲きましたか。

ha.na./ga./sa.ki.ma.shi.ta.ka.

花已經開了嗎？

◆ 電車が遅れましたか。

de.n.sha./ga./o.ku.re.ma.shi.ta.ka.

電車誤點了嗎？

◆ 会議が五時に終わりましたか。

ka.i.gi./ga./go.ji./ni./o.wa.ri.ma.shi.ta.ka.

會議是五點結束的嗎？

自動詞句

# 状況が変わりません。

jo.u.kyo.u./ga./ka.wa.ri.ma.se.n.

狀況不會改變。

說明

自動詞句的非過去否定句，就是要將動詞從
肯定改成否定。即是將肯定的「ます」變成
「ません」。例如本句中的「変わります」
變成了「変わりませ」。而前面的名詞、動
詞語幹（ます之前的部分）則不變。

句型如下：

AがVません

（A：名詞/が：格助詞/Vません：自動詞
敬體基本形的否定）

例句

♠雨が降りません。

（降ります→降りません）

a.me./ga./fu.ri.ma.se.n.

不會下雨。

♠人が集まりません。

（集まります→集まりません）

hi.to./ga./a.tsu.ma.ri.ma.se.n.

人（將）不會聚集。

♠商品が届きません。

（届きます→届きません）

sho.u.hi.n./ga./to.do.ki.ma.se.n.

商品不會寄到。

♠時計が動きません。

（動きます→動きません）

to.ke.i./ga./u.go.ki.ma.se.n.

時鐘不運轉。

♠花が咲きません。

（咲きます→咲きません）

ha.na./ga./sa.ki.ma.se.n.

花不開。

自動詞句

# 状況が変わりませんでした。

jo.u.kyo.u./ga./ka.wa.ri.ma.se.n./de.shi.ta.

状況沒有改變。

## 說　明

自動詞句的過去否定句，只要在「非過去否定句」的句尾，加上代表過去式的「でした」即可，句型是：

AがVませんでした。

（A：名詞／が：格助詞／Vませんでした：自動詞敬體基本形的過去否定）

## 例　句

♠雨が降りませんでした。

（降りません→降りませんでした）

a.me./ga./fu.ri.ma.se.n./de.shi.ta.

沒有下雨。

♠人が集まりませんでした。

（集まりません→集まりませんでした）

hi.to./ga./a.tsu.ma.ri.ma.se.n./de.shi.ta.

人沒有聚集。

♠商品が届きませんでした。

（届きません→届きませんでした）

sho.u.hi.n./ga./to.do.ki.ma.se.n./de.shi.ta.

商品沒有寄到。

♠時計が動きませんでした。

（動きません→動きませんでした）

to.ke.i./ga./u.go.ki.ma.se.n./de.shi.ta.

時鐘沒有運轉。

♠花が咲きませんでした。

（咲きません→咲きませんでした）

ha.na./ga./sa.ki.ma.se.n./de.shi.ta.

花沒有開。

# 状況が変わりませんか。

jo.u.kyo.u./ga./ka.wa.ri.ma.se.n.ka.

状況將不改變嗎？

**(說　明)**

在自動詞句的非過去否定句後面，加上表示
疑問的「か」，即是表示非過去否定疑問，
句型是：

AがVませんか。

（A：名詞/が：格助詞/

Vません：自動詞敬體基本形的否定/か：
終助詞，表示疑問）

**(例　句)**

♤ 雨が降りませんか。

a.me./ga./fu.ri.ma.se.n.ka.

不會下雨嗎？

♤ 人が集まりませんか。

hi.to./ga./a.tsu.ma.ri.ma.se.n.ka.

人不會聚集嗎？

♤ 商品が届きませんか。

sho.u.hi.n./ga./to.do.ki.ma.se.n.ka.

商品不會寄到嗎？

♠ 時計が動きませんか。

to.ke.i./ga./u.go.ki.ma.se.n.ka.

時鐘不運轉嗎？

♠ 花が咲きませんか。

ha.na./ga./sa.ki.ma.se.n.ka.

花不開嗎？

♠ 公園に行きませんか。

ko.u.e.n./ni./i.ki.ma.se.n.ka.

不去公園嗎？

♠ 泳ぎませんか。

o.yo.gi.ma.se.n.ka.

不游泳嗎？

自動詞句

# 状況が変わりませんでしたか。

じょうきょう か

jo.u.kyo.u./ga./ka.wa.ri.ma.se.n./de.shi.ta.ka.

状況沒有改變嗎？

（説　明）

在自動詞句的過去否定句後面加上代表疑問
的「か」，即完成了過去否定疑問句，用來
問過去發生的事，句型如下：

AがVませんでしたか。

A：名詞/が：格助詞/

Vませんでした：自動詞敬體基本形的否定
過去/

か：終助詞，表示疑問）

（例　句）

♠雨が降りませんでしたか。

あめ ふ

a.me.ga./fu.ri.ma.se.n./de.shi.ta.ka.

沒有下雨嗎？

♠人が集まりませんでしたか。

ひと あつ

hi.to.ga./a.tsu.ma.ri.ma.se.n./de.shi.ta.ka.

人沒有聚集嗎？

♠ 商品が届きませんでしたか。

sho.u.hi.n./ga./to.do.ki.ma.se.n./de.shi.ta.ka.

商品沒有寄到嗎？

♠ 時計が動きませんでしたか。

to.e.i./ga./u.go.ki.ma.se.n./de.shi.ta.ka.

時鐘沒有運轉嗎？

♠ 花が咲きませんでしたか。

ha.na./ga./sa.ki.ma.se.n./de.shi.ta.ka.

花沒有開嗎？

♠ 会議が五時に終わりませんでしたか。

ka.i.gi./ga./go.ji./ni./o.wa.ri.ma.se.n.de.shi.ta.
ka.

會議沒有在五點時結束嗎？

自動詞句

# 行きます、来ます、帰ります。

i.ki.ma.su./ki.ma.su./ka.e.ri.ma.su.

去、來、回去。

（說　明）

在日文的自動詞中，有一種具有「方向感」的動詞，稱為「移動動詞」。像是來、去、走路、散步、進入、出來…等。這些動詞，因為帶有移動的意思，所以使用助詞，就不是前面所學到的「が」，而是依移動動詞的意思而有不同助詞。

第一種移動動詞，就是表示來或是去，具有「固定的目的地」。這個時候，就要在目的地的後面加上助詞「に」或是「へ」。「に」表示目的地；「へ」則表示方向、向著的意思。

移動動詞的基本句型如下：

①AへVます。

　A：地點

　Vます：移動動詞的敬體基本形

②AにVます。

　A：地點

　Vます：移動動詞的敬體基本形

### 例句

♠ 会社へ行きます。
ka.i.sha./e./i.ki.ma.su.
去公司。

♠ 会社に行きます。
ka.i.sha./ni./i.ki.ma.su.
去公司。

♠ 台湾へ来ます。
ta.i.wa.n./e./ki.ma.su.
來台灣。

♠ 台湾に来ます。
ta.i.wa.n./ni./ki.ma.su.
來台灣。

♠ うちへ帰ります。
u.chi./e./ka.e.ri.ma.su.
回家。

♠ うちに帰ります。
u.chi./ni./ka.e.ri.ma.su.
回家。

♠ 塾へ通います。
ju.ku./e./ka.yo.i.ma.su.
固定去補習班。

自動詞句

♠ 塾に通います。

ju.ku.ni./ka.yo.i.ma.su.

固定去補習班。

## 單字

| |
|---|
| 行きます 【去】<br>i.ki.ma.su. |
| 来ます 【來】<br>ki.ma.su. |
| 帰ります 【回去】<br>ka.e.ri.ma.su. |
| 通います 【定期前往、往來】<br>ka.yo.i.ma.su. |
| 戻ります 【回到】<br>mo.do.ri.ma.su. |
| 塾 【補習班】<br>ju.ku. |

# 散歩します、歩きます、飛びます。

sa.n.po.shi.ma.su./a.ri.ki.ma.su./to.bi.ma.su.

散步、走路、飛。

## 說明

第二種的移動動詞，是表示在某個範圍中移動，或是通過某地，助詞要用「を」，句型如下：

AをVます

A：地點

Vます：移動動詞的敬體基本形

## 例句

♠ 公園を散歩します。

ko.u.e.n./o./sa.n.po.shi.ma.su.

在公園裡散步。

♠ 道を歩きます。

mi.chi./o./a.ru.ki.ma.su.

在路上走。／走路。

♠ 道を通ります。

mi.chi./o./to.o.ri.ma.su.

通過道路。

自動詞句

◆ 海を渡ります。

u.mi./o./wa.ta.ri.ma.su.

渡海。

◆ 鳥が空を飛びます。

to.ri./ga./so.ra./o./to.bi.ma.su.

鳥在空中飛翔。

（在本句中，可以看到進行動作的主語「鳥」，
後面用的助詞是「が」，然後在移動的範圍「空」
後面，則是用助詞「を」）

## 單字

| | |
|---|---|
| **散歩します 【散歩】**<br>sa.n.po.shi.ma.su. | |
| **歩きます 【走路】**<br>a.ru.ki.ma.su. | |
| **飛びます 【飛】**<br>to.bi.ma.su. | |
| **渡ります 【横渡】**<br>wa.ta.ri.ma.su. | |
| **通ります 【通過】**<br>to.o.ri.ma.su. | |
| **道 【道路】**<br>mi.chi. | |

海 【海】
う み
u.mi.

鳥 【鳥】
と り
to.ri.

### 1.教室に先生がいます。
きょうしつ　せんせい

kyo.u.shi.tsu./ni./se.n.se.i./ga./i.ma.su.

老師在教室裡。／教室裡有老師在。

### 2.教室に机があります。
きょうしつ　つくえ

kyo.u.shi.tsu./ni./tsu.ku.e./ga./a.ri.ma.su.

教室裡有桌子。

（說　明）

「います」、「あります」在日語是很重要的兩個自動詞。在日語中，要表示「狀態」時，通常都會用到這兩個單字，兩個單字都是「有」的意思。

「います」是用來表示動物的存在，而「あります」則是用來表示植物或非生物的存在。而在例句中，表示地點會用「に」，存在的主語後面則是用「が」，最後面再加上「います」或「あります」，便完成了句子，句型如下：

①動物

AにBがいます。

A：地點

B：名詞

②非生物、植物

AにBがあります。

A：地點

B：名詞

例　句

♠駐車場に猫がいます。

（地點＋に＋生物＋います）

chu.u.sha.jo.u./ni./ne.ko./ga./i.ma.su.

停車場有貓。

♠駐車場に車があります。

（地點＋に＋非生物＋あります）

chu.u.sha.jo.u./ni./ku.ru.ma./ga./a.ri.ma.su.

停車場有車。

♠庭に兄がいます。

（地點＋に＋生物＋います）

ni.wa./ni./a.ni./ga./i.ma.su.

哥哥在院子裡。

♠庭に花があります。

（地點＋に＋植物＋あります）

ni.wa./ni./ha.na./ga./a.ri.ma.su.

院子裡有花。

## 單字

ちゅうしゃじょう
駐車場【停車場】
chu.u.sha.jo.u.

ねこ
猫　【貓】
ne.ko.

くるま
車　【車】
ku.ru.ma.

にわ
庭　【院子】
ni.wa.

あに
兄　【哥哥】
a.ni.

はな
花　【花】
ha.na.

# 自動詞句總覽

例 句

非過去肯定句

♠ 雪が降ります。

yu.ki./ga./fu.ri.ma.su.

下雪。

過去肯定句

♠ 雪が降りました。

yu.ki./ga./fu.ri.ma.shi.ta.

下過雪了。

非過去肯定疑問句

♠ 雪が降りますか。

yu.ki./ga./fu.ri.ma.su.ka.

會下雪嗎?

過去肯定疑問句

♠ 雪が降りましたか。

yu.ki./ga./fu.ri.ma.shi.ta.ka.

下過雪嗎?

非過去否定句

♠ 雪が降りません。

yu.ki./ga./fu.ri.ma.se.n.

不會下雪。

自動詞句

### 過去否定句

♣ 雪が降りませんでした。

yu.ki./ga./fu.ri.ma.se.n./de.shi.ta.

沒有下過雪。

### 非過去否定疑問句

♣ 雪が降りませんか。

yu.ki./ga./fu.ri.ma.se.n.ka.

不下雪嗎。

### 非過去否定疑問句－詢問／邀請

♣ 行きませんか。

i.ki.ma.se.n.ka.

要去嗎？／不去嗎？

### 過去否定疑問句

♣ 雪が降りませんでしたか。

yu.ki./ga./fu.ri.ma.se.n./de.shi.ta.ka.

之前沒下雪嗎？

### 移動動詞（１）具有方向和目的地

♣ 日本へ行きます。

ni.ho.n./e./i.ki.ma.su.

去日本。

♣ 日本に行きます。

ni.ho.n./ni./i.ki.ma.su.

去日本。

移動動詞（２）在某範圍內移動／通過某地點

♤ 空を飛びます。

so.ra./o./to.bi.ma.su.

在空中飛。

あります、います

♤ 部屋に犬がいます。

he.ya./ni./i.nu./ga./i.ma.su.

房間裡有狗。

♤ 部屋にベッドがあります。

he.ya./ni./be.ddo./ga./a.ri.ma.su.

房間裡有床。

自動詞句

第 **7** 課

# 他動詞句

# 他動詞句－非過去肯定句

## 彼は本を読みます。
かれ　ほん　よ

ka.re./wa./ho.n./o./yo.mi.ma.su.

他看書。

### 說　明

他動詞的非過去肯定的句型是：

AはBをVます。

A：動作執行者

B：受詞

Vます：他動詞的敬體基本形

在句中，主詞的後面，除了可以用「は」也
可以用「が」，端看該句子要說明的重點在
何處而使用。

### 例　句

♠ 妹は肉を食べます。
いもうと　にく　た

i.mo.u.to./wa./ni.ku./o./ta.be.ma.su.

妹妹吃肉。

♠ 学生は宿題をやります。
がくせい　しゅくだい

ga.ku.se.i./wa./shu.ku.da.i./o./ya.ri.ma.su.

學生寫功課。

他動詞

♦ 私は音楽を聞きます。

wa.ta.shi./wa./o.n.ga.ku./o./ki.ki.ma.su.

我聽音樂。

♦ 彼女は映画を見ます。

ka.no.jo./wa./e.i.ga./o./mi.ma.su.

她看電影。

♦ 父は手紙を書きます。

chi.chi./wa./te.ga.mi./o./ka.ki.ma.su.

爸爸寫信。

♦ あの人は服を買います。

a.no./hi.to./wa./fu.ku./o./ka.i.ma.su.

那個人買衣服。

## 單字

妹 【妹妹】
i.mo.u.to.

肉 【肉】
ni.ku.

宿題 【功課】
shu.ku.da.i.

やります 【做】
ya.ri.ma.su.

おんがく
**音楽** 【音樂】
o.n.ga.ku.

き
**聞きます** 【聽、問】
ki.ki.ma.su.

えいが
**映画** 【電影】
e.i.ga.

てがみ
**手紙** 【信】
te.ga.mi.

他動詞

# 彼は本を読みました。

ka.re./wa./ho.n./o./yo.mi.ma.shi.ta.

他看完書了／他看了書。

## 說 明

將非過去肯定句的「ます」改成「ました」
就可以把句子變成過去肯定句，其他部分則
不變動，句型如下：

AはBをVました。

A：動作執行者

B：受詞

Vました：他動詞敬體基本形的過去式

## 例 句

♠ 妹は肉を食べました。

（食べます→食べました）

i.mo.u.to./wa./ni.ku./o./ta.be.ma.shi.ta.

妹妹吃過肉了。

♠ 昨日私は音楽を聞きました。

（聞きます→聞きました）

ki.no.u./wa.ta.shi./wa./o.n.ga.ku./o./ki.ki.ma.
shi.ta.

我昨天聽音樂。

♠ 彼女は映画を見ました。

（見ます→見ました）

ka.no.jo./wa./e.i.ga./o./mi.ma.shi.ta.

她看過電影了。

♠ 父は手紙を書きました。

（書きます→書きました）

chi.chi./wa./te.ga.mi./o./ka.ki.ma.shi.ta.

家父寫完信了。

♠ あの人は服を買いました。

（買います→買いました）

a.no.hi.to./wa./fu.ku./o./ka.i.ma.shi.ta.

那個人買了衣服。

他動詞

# 彼は本を読みますか。

ka.re./wa./ho.n./o./yo.mi.ma.su.ka.

他看書嗎？

## 說 明

在非過去肯定的後面，加上表示疑問的
「か」，就是非過去肯定疑問詞，句型如
下：

AはBをVますか。

A：動作執行者

B：受詞

Vます：他動詞的敬體基本形

か：終助詞，表示疑問

## 例 句

◈ 妹は野菜を食べますか。

i.mo.u.to./wa./ya.sa.i./o./ta.be.ma.su.ka.

妹妹吃菜嗎？

◈ 学生はサッカーをしますか。

ga.ku.se.i./wa./sa.kka.a./o./shi.ma.su.ka.

學生踢足球嗎？

◈ 彼は音楽を聞きますか。

ka.re./wa./o.n.ga.ku./o./ki.ki.ma.su.ka.

他聽音樂嗎？

♣ 彼女はニュースを見ますか。

ka.no.jo./wa./nyu.u.su./o./mi.ma.su.ka.

她看新聞嗎?

♣ 子供は料理を作りますか。

ko.do.mo./wa./ryo.u.ri./o./tsu.ku.ri.ma.su.ka.

小孩會煮菜嗎?

♣ あの人は高いものを買いますか。

a.no.hi.to./wa./ta.ka.i.mo.no./o./ka.i.ma.su.ka.

那個人買貴的東西嗎?

♣ 彼は家を売りますか。

ka.re./wa./i.e./o./u.ri.ma.su.ka.

他要把房子賣掉嗎?

♣ 砂糖を入れますか。

sa.to.u./o./i.re.ma.su.ka.

要加糖嗎?

♣ 何を送りますか。

na.ni./o./o.ku.ri.ma.su.ka.

要送什麼呢?

他動詞

## 單字

**野菜 【蔬菜】**

ya.sa.i.

**サッカー 【足球】**

sa.kka.a.

ニュース 【新聞】
nyu.u.su.

子供 【小孩】
ko.do.mo.

料理 【料理、菜餚】
ryo.u.ri.

作ります 【做、製作】
tsu.ku.ri.ma.su.

# 彼は本を読みましたか。

ka.re./wa./ho.n./o./yo.mi.ma.shi.ta.ka.

他看完書了嗎／他看過書了嗎？

**説 明**

在過去肯定句的句尾，加上表示疑問的
「か」即完成了過去肯定疑問句，句型如
下：

AはBをVましたか。

A：動作執行者

B：受詞

Vました：他動詞敬體基本形的過去式

か：終助詞，表示疑問

**例 句**

♠ 妹は野菜を食べましたか。

i.mo.u.to./wa./ya.sa.i./o./ta.be.ma.shi.ta.ka.

妹妹吃菜了嗎？

♠ 学生はサッカーをしましたか。

ga.ku.se.i./wa./sa.kka.a./o./shi.ma.shi.ta.ka.

學生踢了足球嗎？

♠ 彼は音楽を聞きましたか。

ka.re./wa./o.n.ga.ku./o./ki.ki.ma.shi.ta.ka.

他聽過音樂了嗎？

他動詞

◈ 彼女はニュースを見ましたか。

ka.no.jo./wa./nyu.u.su./o./mi.ma.shi.ta.ka.

她看過新聞了嗎？

◈ あの人は高いものを買いましたか。

a.no.hi.to./wa./ta.ka.i./mo.no./o./ka.i.ma.shi.ta.ka.

那個人買了貴的東西嗎？

◈ 砂糖を入れましたか。

sa.to.u./o./i.re.ma.shi.ta.ka.

加糖了嗎？

◈ 何を送りましたか。

na.ni./o./o.ku.ri.ma.shi.ta.ka.

送了什麼呢？

# 彼は本を読みません。

ka.re./wa./ho.n./o./yo.mi.ma.se.n.

他不看書。

## 說明

他動詞句的非過去否定句，只要將句尾的
「ます」改成「ません」即可，其他的部分
則不需變動，基本句型是：

AはBをVません。

A：動作執行者

B：受詞

Vません：他動詞敬體基本形的否定

## 例句

◈ 妹は肉を食べません。

（食べます→食べません）

i.mo.u.to./wa./ni.ku./o./ta.be.ma.se.n.

妹妹不吃肉。

◈ 学生は宿題をやりません。

（やります→やりません）

ga.ku.se.n./wa./shu.ku.da.i./o./ya.ri.ma.se.n.

學生不寫功課。

他動詞

♠ 私は音楽を聞きません。

（聞きます→聞きません）

wa.ta.shi./wa./o.n.ga.ku./o./ki.ki.ma.se.n.

我不聽音樂。

♠ 彼女は映画を見ません。

（見ます→見ません）

ka.no.jo./wa./e.i.ga./o./mi.ma.se.n.

她不看電影。

♠ あの人は服を買いません。

（買います→買いません）

a.no.hi.to./wa./fu.ku./o./ka.i.ma.se.n.

那個人不買衣服。

# 彼は本を読みませんでした。

ka.re./wa./ho.n.o./yo.mi.ma.se.n./de.shi.ta.

他以前不看書。

## 說 明

他動詞句的過去否定句，只要在非過去否定的句尾加上「でした」即可，其他的部分則不需變動，句型是：

AはBをVませんでした。

A：動作執行者

B：受詞

Vませんでした：他動詞敬體基本形的過去否定

## 例 句

◆ 妹は肉を食べませんでした。

i.mo.u.to./wa./ni.ku.o./ta.be.ma.se.n./de.shi.ta.

妹妹以前不吃肉。

◆ 学生は宿題をしませんでした。

ga.ku.se.i./wa./shu.ku.da.i./o./shi.ma.se.n./de.shi.ta.

學生曾經不寫功課。

他動詞

♠ 私は音楽を聞きませんでした。

wa.ta.shi.wa./o.n.ga.ku.o./ki.ki.ma.se.n./de.shi.ta.

我以前不聽音樂。

♠ 彼女は映画を見ませんでした。

ka.no.jo.wa./e.i.ga.o./mi.ma.se.n./de.shi.ta.

她以前不看電影。

♠ 父は手紙を書きませんでした。

chi.chi.wa./te.ga.mi.o./ka.ki.ma.se.n./de.shi.ta.

爸爸之前沒有寫信。

♠ あの人は服を買いませんでした。

a.no.hi.to.wa./fu.ku.o./ka.i.ma.se.n./de.shi.ta.

那個人以前沒有買衣服。

# 彼は本を読みませんか。

ka.re./wa./ho.n./o./yo.mi.ma.se.n.ka.

他不看書嗎？

説　明

在非過去否定的句子後面，加上表示疑問的「か」，即成了非過去否定疑問句。同樣的，在正式文法中，疑問句的句尾是用句號而非問號。

句型是：

AはBをVませんか。

A：動作執行者

B：受詞

Vません：他動詞敬體基本形的否定

か：終助詞，表示疑問

例　句

♠ 妹は肉を食べませんか。

i.mo.u.to./wa./ni.ku./o./ta.be.ma.se.n.ka.

妹妹不吃肉嗎？

♠ 学生は宿題をしませんか。

ga.ku.se.i./wa./shu.ku.da.i./o./shi.ma.se.n.ka.

學生不寫功課？

他動詞

◆ あなたは音楽を聞きませんか。

a.na.ta./wa./o.n.ga.ku./o./ki.ki.ma.se.n.ka.

你不聽音樂嗎？

◆ 彼女は映画を見ませんか。

ka.no.jo./wa./e.i.ga./o./mi.ma.se.n.ka.

她不看電影嗎？

◆ あの人は服を買いませんか。

a.no.hi.to./wa./fu.ku./o./ka.i.ma.se.n.ka.

那個人不買衣服嗎？

◆ 砂糖を入れませんか。

sa.to.u./o./i.re.ma.se.n.ka.

不加糖嗎？

# 映画を見ませんか。
えいが み

e.i.ga./o./mi.ma.se.n.ka.

要不要看電影呢？

說 明

和自動詞相同，非過去否定疑問句還有一個
特別的用法，就是用在詢問對方要不要做某
件事，或是邀約對方的時候。就像是中文
中，邀請時會問對方「要不要～呢？」，日
文也是用「～ませんか」，來表示詢問。另
外，也可以將「～ませんか」改成「～ま
しょうか」更加強邀約以及共同去做某事之
意。除此之外，可以把「～ましょうか」的
「か」去掉，也同樣是表示邀約對方共同做
某件事。而這裡使用的動詞，則是自動詞、
他動詞皆可。

句型如下：

AをVませんか

他動詞

例 句

♠ 田中さんはコーヒーを飲みませんか。
たなか の

ta.na.ka.sa.n./wa./ko.o.hi.i./o./no.mi.ma.se.n.ka.

田中先生你不喝咖啡嗎？（禮貌詢問對方是否不
想喝咖啡）

# 彼は本を読みませんでしたか。

ka.re./wa./ho.n./o./yo.mi.ma.se.n./de.shi.ta.ka.

他以前不看書嗎？

## 說　明

在過去否定句的後面，加上表示疑問的
「か」即是過去否定疑問句，句型是：

AはBをVませんでしたか。

A：動作執行者

B：受詞

Vませんでした：他動詞敬體基本形的過去
否定

か：終助詞，表示疑問

## 例　句

♦ 妹は肉を食べませんでしたか。

i.mo.u.to./wa./ni.ku./o./ta.be.ma.se.n./de.shi.ta.
ka.

妹妹以前不吃肉嗎？

♦ 学生は宿題をしませんでしたか。

ga.ku.se.i./wa./shu.ku.da.i./o./shi.ma.se.n./de.
shi.ta.ka.

學生以前不寫功課嗎？

♠ あなたは音楽を聞きませんでしたか。

a.na.ta./wa./o.n.ga.ku./o./ki.ki.ma.se.n./de.shi.ta.ka.

你以前不聽音樂嗎？

♠ 彼女は映画を見ませんでしたか。

ka.no.jo./wa./e.i.ga./o./mi.ma.se.n./de.shi.ta.ka.

她以前不看電影嗎？

♠ 田中さんは手紙を書きませんでしたか。

ta.na.ka.sa.n./wa./te.ga.mi.o./ka.ki.ma.se.n./de.shi.ta.ka.

田中先生以前沒有寫信嗎？

♠ あの人は服を買いませんでしたか。

a.no./hi.to./wa./fu.ku./o./ka.i.ma.se.n./de.shi.ta.ka.

那個人以前沒有買衣服嗎？

他動詞

● 1.映画を見に行きます。
えいが み い

e.i.ga./o./mi.ni./i.ki.ma.su.

去看電影。

● 2.ご飯を食べに来ます。
はん た こ

go.ha.n./o./ta.be.ni./ki.ma.su.

來吃飯。

（說　明）

在中文裡，會說「去看電影」、「來吃飯」、「去打球」……等包含了「去」、「來」的句子。在日文中，也有類似的用法。

但由於「去」「來」本身就是動詞，而「看」「吃」「打」等詞也是動詞，為了不讓一個句子裡同時有兩個動詞存在，於是我們把表示目的之動詞去掉「ます」，再加上「に」以表示「去做什麼」或「來做什麼」。（助詞「に」即帶有表示目的的作用）變化的方法如下：

映画を見ます＋行きます
↓
見ます→見＋に

↓

映画を見に行きます

由上面的變化可以歸納出他他動詞句＋行きます、来ます的句型是：

①Vに行きます

②Vに来ます

V：他動詞的語幹

註：語幹即是動詞在ます之前的文字，如：食べます的語幹就是食べ。

（例　句）

♠ ご飯を食べに行きます。

（食べます→食べ＋に）

go.ha.n./o./ta.be.ni./i.ki.ma.su.

去吃飯。

♠ サッカーをしに出かけます。

（します→し＋に）

sa.kka.a./o./shi.ni./de.ka.ke.ma.su.

外出去踢足球。

♠ 日本へ遊びに来ました。

（遊びます→遊び＋に）

ni.ho.n./e./a.so.bi.ni./ki.ma.shi.ta.

來日本玩。

他動詞

181

♠ 留学に来ました。

（除了他動詞之外，名詞也有相同的用法：名詞＋に）

ryu.u.ga.ku./ni./ki.ma.shi.ta.

來留學。

## 單字

ご飯 【飯】
go.ha.n.

留学 【留學】
ryu.u.ga.ku.

## 1.デパートが休みます。

de.pa.a.to./ga./ya.su.mi.ma.su.

百貨公司休息／沒開。

## 2.学校を休みます。

ga.kko.u./o./ya.su.mi.ma.su.

向學校請假。

**說　明**

在上面的兩句例句中，用到的都是「休みま
す」這個動詞，但是意思卻不盡相同。第1
句是百貨公司休息，那第2句為什麼不是學
校休息呢？仔細觀察，即可發現是因為「助
詞」不同的關係。第1句是自動詞的句型，
使用的助詞是「が」，而第二句是他動詞句
型，使用的助詞是「を」。也就是說，「休
みます」這個動詞，同時是他動詞，又是自
動詞。這樣的例子在日文中十分常見，以下
舉出較普遍使用的動詞為例。

他動詞

**例　句**

♠ あの人が笑います。

a.no.hi.to./ga./wa.ra.i.ma.su.

那個人在笑。

◆ あの人を笑います。

a.no.hi.to./o./wa.ra.i.ma.su.

嘲笑那個人。

◆ 北風が吹きます。

ki.ta.ka.ze./ga./fu.ki.ma.su.

北風吹拂。

◆ 笛を吹きます。

fu.e./o./fu.ki.ma.su.

吹笛子。

◆ 臭いがします。

ni.o.i./ga./shi.ma.su.

有臭味。

◆ 何をしますか。

na.ni.o./shi.ma.su.ka.

要做什麼？

# 他動詞句總覽

## 例 句

### 非過去肯定句

♠ 彼は水を飲みます。

ka.re./wa./mi.zu./o./no.mi.ma.su.

他喝水。

### 過去肯定句

♠ 彼は水を飲みました。

ka.re./wa./mi.zu./o./no.mi.ma.shi.ta.

他喝了水。

### 非過去肯定疑問句

♠ 彼は水を飲みますか。

ka.re./wa./mi.zu./o./no.mi.ma.su.ka.

他要喝水嗎？

### 過去肯定疑問句

♠ 彼は水を飲みましたか。

ka.re./wa./mi.zu./o./no.mi.ma.shi.ta.ka.

他喝水了嗎？

### 非過去否定句

♠ 彼は水を飲みません。

ka.re./wa./mi.zu./o./no.mi.ma.se.n.

他不喝水。

他動詞

過去否定句

♠ 彼は水を飲みませんでした。

ka.re./wa./mi.zu.o./no.mi.ma.se.n./de.shi.ta.

他之前沒有喝水。

非過去否定疑問句

♠ 彼は水を飲みませんか。

ka.re./wa./mi.zu./o./no.mi.ma.se.n./ka.

他不喝水嗎？

♠ 水を飲みませんか。

mi.zu./o./no.mi.ma.se.n.ka.

（不）喝水嗎？/要喝水嗎？

過去否定疑問句

♠ 彼は水を飲みませんでしたか。

ka.re./wa./mi.zu./o./no.mi.ma.se.n./de.shi.ta.ka.

他之前沒有喝水嗎？

他動詞句＋行きます、来ます

♠ 水を飲みに行きます。

mi.zu./o./no.mi.ni./i.ki.ma.su.

去喝水。

♠ 水を飲みに来ます。

mi.zu./o./no.mi.ni./ki.ma.su.

來喝水。

自動詞句與他動詞句

♠ 風が吹きます。

ka.ze./ga./fu.ki.ma.su.

風吹拂。

♠ 口笛を吹きます。

ku.chi.bu.e./o./fu.e.ma.su.

吹口哨。

他動詞

第 8 課

# 動詞－進階篇

# 動詞進階篇概說

説明

從本課開始，就要進入學習日語的另一階段
—動詞變化。為了方便學習動詞的各種變化
方法，我們必需要先熟記日語動詞的分類。
日後學習的各種動詞變化方法，都是依照該
動詞所屬的分類而去做變化的。因此熟記動
詞所屬的分類，即是十分重要的一環。若是
可以學習好動詞的分類和變化方法，對於看
懂文章或是進行會話，都會更加順利。

日語中的動詞，可以分成三類，分別為Ⅰ類
動詞、Ⅱ類動詞和Ⅲ類動詞。這種分法是針
對學習日語的外國人而分類的。另外還有一
套屬於日本國內教育或是字典上的分類法
（五段動詞變化）。為了學習的方便，在本
書中是以較簡易的前者為教學內容。無論是
學習哪一種動詞分類方法，都能夠完整學習
到日語動詞變化，所以不用擔心會有遺漏。
而Ⅰ、Ⅱ、Ⅲ類動詞的分法，則是依照動詞ま
す形的語幹來區別。所謂的語幹就是指ます
之前的文字，比如說：「食べます」的語
幹，就是「食べ」。

動詞—進階篇

因此，在做動詞的分類時，都要以動詞的敬語基本形－ます形為基準，初學者背誦日語動詞時，以ます形背誦不但可以方便做動詞分類，使用起來給人的感覺也較有禮貌。

# Ⅰ類動詞

說　明

在日文五十音中，帶有「i」音的稱為「い段」，也就是「い、き、し、ち、に、ひ、み、り」等音。

要判斷Ⅰ類動詞，只要看動詞ます形的語幹部分最後一個音（在ます之前的字）是「い段」的音，多半就屬於Ⅰ類動詞。

以「行きます」這個字為例：

行きます

在語幹的部分，最後一個音是「き」，是屬於「い段音」

い段音→Ⅰ類動詞

例句：

い段音（發音結尾帶有i的音）：

い、き、し、ち、に、ひ、み、り、ぎ、じ、ぢ、び、ぴ

## 單字：語幹為「い」結尾：

**買います　【買】**
ka.i.ma.su.

**使います　【使用】**
tsu.ka.i.ma.su.

動詞─進階篇

191

払<sup>はら</sup>います 【付、付錢】

ha.ra.i.ma.su.

洗<sup>あら</sup>います 【洗】

a.ra.i.ma.su.

歌<sup>うた</sup>います 【唱歌】

u.ta.i.ma.su.

会<sup>あ</sup>います 【會見、碰面】

a.i.ma.su.

吸<sup>す</sup>います 【吸】

su.i.ma.su.

言<sup>い</sup>います 【説】

i.i.ma.su.

思<sup>おも</sup>います 【想】

o.mo.i.ma.su.

## 語幹為「き」結尾：

行<sup>い</sup>きます 【去】

i.ki.ma.su.

書<sup>か</sup>きます 【寫】

ka.ki.ma.su.

聞<sup>き</sup>きます 【聽、問】

ki.ki.ma.su.

泣きます 【哭】
な
na.ki.ma.su.

働きます 【工作】
はたら
ha.ta.ra.ki.ma.su.

歩きます 【走路】
ある
a.ru.ki.ma.su.

置きます 【放置】
お
o.ki.ma.su.

## 語幹為「ぎ」結尾：

泳ぎます 【游泳】
およ
o.yo.gi.ma.su.

脱ぎます 【脱】
ぬ
mu.gi.ma.su.

## 語幹為「し」結尾：

話します 【説話】
はな
ha.na.shi.ma.su.

消します 【消除、關掉】
け
ke.shi.ma.su.

貸します 【借出】
か
ka.shi.ma.su.

返します　【返還】
<small>かえ</small>

ka.e.shi.ma.su.

## 語幹為「ち」結尾：

待ちます　【等待】
<small>ま</small>

ma.chi.ma.su.

持ちます　【拿著、持有】
<small>も</small>

mo.chi.ma.su.

立ちます　【站立】
<small>た</small>

ta.chi.ma.su.

## 語幹為「に」結尾：

死にます　【死亡】
<small>し</small>

shi.ni.ma.su.

## 語幹為「び」結尾：

遊びます　【遊玩】
<small>あそ</small>

a.so.bi.ma.su.

呼びます　【呼叫、稱呼】
<small>よ</small>

yo.bi.ma.su.

飛びます　【飛】
<small>と</small>

to.bi.ma.su.

## 語幹為「み」結尾：

飲みます　【喝】
<small>の</small>

no.mi.ma.su.

**読みます** 【讀】
yo.mi.ma.su.

**休みます** 【休息】
ya.su.mi.ma.su.

**住みます** 【居住】
su.mi.ma.su.

## 語幹為「り」結尾：

**作ります** 【製作】
tsu.ku.ri.ma.su.

**送ります** 【送】
o.ku.ri.ma.su.

**売ります** 【賣】
u.ri.ma.su.

**座ります** 【坐下】
su.wa.ri.ma.su.

**乗ります** 【乘坐】
no.ri.ma.su.

**渡ります** 【渡、横越】
wa.ta.ri.ma.su.

**帰ります** 【回去】
ka.e.ri.ma.su.

# II 類動詞

說　明

在五十音中，發音中帶有「e」的音，稱為
「え段」音。動詞ます形的語幹中，最後一
個字的發音為え段音的，則是屬於II類動詞。
例如：「食べます」的語幹「食べ」最後的
一個字「べ」是屬於え段音，因此「食べま
す」就屬於II類動詞。

以「食べます」這個字為例：

食べます

在語幹的部分，最後一個音是「べ」，是屬
於「え段音」

え段音→II類動詞

註：在II類動詞中，有部分的語幹是「い段
音」結尾，卻仍歸於II類動詞中，這些就屬
於例外的II類動詞。

例句：

え段音：

え、け、せ、て、ね、へ、め、れ、げ、
ぜ、で、べ、ぺ

## 單字：語幹為「え」結尾：

<ruby>教<rt>おし</rt></ruby>えます 【教導、告訴】
o.shi.e.ma.su.

<ruby>覚<rt>おぼ</rt></ruby>えます 【記住】
o.bo.e.ma.su.

<ruby>考<rt>かんが</rt></ruby>えます 【思考、考慮】
ka.n.ga.e.ma.su.

<ruby>変<rt>か</rt></ruby>えます 【改變】
ka.e.ma.su.

## 語幹為「け」結尾：

<ruby>開<rt>あ</rt></ruby>けます 【打開】
a.ke.ma.su.

<ruby>付<rt>つ</rt></ruby>けます 【安裝】
tsu.ke.ma.su.

<ruby>掛<rt>か</rt></ruby>けます 【掛】
ka.ke.ma.su.

## 語幹為「げ」結尾：

<ruby>上<rt>あ</rt></ruby>げます 【上升】
a.ge.ma.su.

## 語幹為「め」結尾：

閉めます 【關上】
shi.me.ma.su.

始めます 【開始】
ha.ji.me.ma.su.

## 語幹為「れ」結尾：

忘れます 【忘記】
wa.su.re.ma.su.

流れます 【流】
na.ga.re.ma.su.

入れます 【放入】
i.re.ma.su.

## 語幹為「べ」結尾：

食べます 【吃】
ta.be.ma.su.

調べます 【調查】
shi.ra.be.ma.su.

## 語幹為「て」結尾：

捨てます 【丟棄】
su.te.ma.su.

## 語幹為「で」結尾：

出ます 【出來】
de.ma.su.

## 語幹為「せ」結尾：

見せます 【出示】
mi.se.ma.su.

知らせます【告知】
shi.ra.se.ma.su.

## 語幹為「ね」結尾：

寝ます 【睡】
ne.ma.su.

## 例外的 II 類動詞（語幹為い段音，但不歸於 I 類，而是歸於 II 類）

います 【在】
i.ma.su.

着ます【穿】
ki.ma.su.

飽きます 【膩、厭煩】
a.ki.ma.su.

起きます 【起床、起來】
o.ki.ma.su.

生きます 【生存】
i.ki.ma.su.

過ぎます 【超過】
su.gi.ma.su.

信じます 【相信】
shi.n.ji.ma.su.

感じます 【感覺】
ka.n.ji.ma.su.

案じます 【思考】
a.n.ji.ma.su.

落ちます 【掉落】
o.chi.ma.su.

似ます 【相似】
ni.ma.su.

煮ます 【煮】
ni.ma.su.

見ます 【看見】
mi.ma.su.

降ります 【下車】
o.ri.ma.su.

借ります 【借入】
ka.ri.ma.su.

できます 【辦得到】
de.ki.ma.su.

伸びます 【延伸、伸展】
no.bi.ma.su.

# III 類動詞

説　明

III類動詞只有兩個需要記憶，分別是「来ま
す」和「します」。由於這兩個動詞的變化
方法較為特別，因此另外列出來為III類動
詞。

其中「「します」是「做」的意思，前面可
以加上名詞，變成一個完整的動作。比如說
「結婚」原本是名詞，加上了「します」，
就帶有結婚的動詞意義。像這樣以「しま
す」結尾的動詞，也都是屬於III類動詞。

## 單字

来ます　【來】
ki.ma.su.

します　【做】
shi.ma.su.

## 名詞＋します

勉 強します　【念書、學習】
be.n.kyo.u./shi.ma.su.

**旅行します** 【旅行】
りょこう
ryo.ko.u./shi.ma.su.

**研究します** 【研究】
けんきゅう
ke.n.kyu.u./shi.ma.su.

**掃除します** 【打掃】
そうじ
so.u.ji./shi.ma.su.

**洗濯します** 【洗衣】
せんたく
se.n.ta.ku./shi.ma.su.

**質問します** 【發問】
しつもん
shi.tsu.mo.n./shi.ma.su.

**説明します** 【説明】
せつめい
se.tsu.me.i./shi.ma.su.

**紹介します** 【介紹】
しょうかい
sho.u.ka.i./shi.ma.su.

**心配します** 【擔心】
しんぱい
shi.n.pa.i./shi.ma.su.

**結婚します** 【結婚】
けっこん
ke.kko.n./shi.ma.su.

**準備します** 【準備】
じゅんび
ju.n.bi./shi.ma.su.

動詞—進階篇

**散歩します** 【散歩】
<ruby>散歩<rt>さんぽ</rt></ruby>

sa.n.po./shi.ma.su.

---

**運動します** 【運動】
<ruby>運動<rt>うんどう</rt></ruby>

u.n.do.u./shi.ma.su.

---

**案内します** 【介紹】
<ruby>案内<rt>あんない</rt></ruby>

a.n.na.i./shi.ma.su.

---

**電話します** 【打電話】
<ruby>電話<rt>でんわ</rt></ruby>

de.n.wa./shi.ma.su.

---

**出席します** 【出席】
<ruby>出席<rt>しゅっせき</rt></ruby>

shu.sse.ki./shi.ma.su.

---

**サインします** 【簽名】

sa.i.n./shi.ma.su.

---

第 **9** 課
# ない形
# （否定形）

# ない形－Ｉ類動詞

## 說　明

ない形又稱為否定形，和「ません」不同的是，「ません」是表禮貌的句末用法，「ない形」則是常體的用法。Ｉ類動詞的ない形，是將ます形語幹的最後一個音，從同一行的「い段音」變成「あ段音」，然後再加上「ない」。即完成ない形的變化。其中需要注意的是，語幹結尾若是「い」則要變成「わ」。

例如：

書きます

↓

書き（刪去ます）

↓

（か行「い段音」的「き」變成か行「あ段音」的「か」。き→か；即：ki→ka）

↓

書かない（加上「ない」）

## 單字

### 「い段音」→「あ段音」＋「ない」

書きます→書かない　(ki→ka)
ka.ki.ma.su./ka.ka.na.i.

泳ぎます→泳がない　(gi→ga)
o.yo.gi.ma.su./o.yo.ga.na.i.

話します→話さない　(shi→sa)
ha.na.shi.ma.su./ha.na.sa.na.i.

立ちます→立たない　(chi→ta)
ta.chi.ma.su./ta.ta.na.i.

呼びます→呼ばない　(bi→ba)
yo.bi.ma.su./yo.ba.na.i.

住みます→住まない　(mi→ma)
su.mi.ma.su./su.ma.na.i.

乗ります→乗らない　(ri→ra)
no.ri.ma.su./no.ra.na.i.

使います→使わない　(i→wa)　（特殊變化）
tsu.ka.i.ma.su./tsu.ka.wa.na.i.

♧日本に住みません。

ni.ho.n./ni./su.mi.ma.se.n.
↓

♠日本に住まない。

ni.ho.n./ni./su.ma.na.i.
不住日本。

♧道具を使いません。

do.u.gu./o./tsu.ka.i.ma.se.n.
↓

♠道具を使わない。

do.u.gu./o./tu.ka.wa.na.i.
不用道具。

♧友達と話しません。

to.mo.da.chi./to./ha.na.shi.ma.se.n.
↓

♠友達と話さない。

to.mo.da.chi./to./ha.na.sa.na.i.
不和朋友説話。

ない形（否定形）

# ない形－Ⅱ類動詞

### 說　明

Ⅱ類動詞的ない形，只要把ます形語幹的部分加上表示否定的「ない」，即完成變化。

例如：

食べます

↓

食べ（刪去ます）

↓

食べない　（加上「ない」）

## 單字

### （ます→ない）

教えます→教えない
o.shi.e.ma.su./o.shi.e.na.i.

掛けます→掛けない
ka.ke.ma.su./ka.ke.na.i.

見せます→見せない
mi.se.ma.su./mi.se.na.i.

捨てます→捨てない
su.te.ma.su./su.te.na.i.

始<sub>はじ</sub>めます→始<sub>はじ</sub>めない
ha.ji.me.ma.su./ha.ji.me.na.i.

寝<sub>ね</sub>ます→寝<sub>ね</sub>ない
ne.ma.su./ne.na.i.

出<sub>で</sub>ます→出<sub>で</sub>ない
de.ma.su./de.na.i.

います→いない
i.ma.su./i.na.i.

着<sub>き</sub>ます→着<sub>き</sub>ない
ki.ma.su./ki.na.i.

飽<sub>あ</sub>きます→飽<sub>あ</sub>きない
a.ki.ma.su./a.ki.na.i.

起<sub>お</sub>きます→起<sub>お</sub>きない
o.ki.ma.su./o.ki.na.i.

生<sub>い</sub>きます→生<sub>い</sub>きない
i.ki.ma.su./i.ki.na.i.

過<sub>す</sub>ぎます→過<sub>す</sub>ぎない
su.gi.ma.su./su.gi.na.i.

似<sub>に</sub>ます→似<sub>に</sub>ない
ni.ma.su./ni.na.i.

ない形（否定形）

| | |
|---|---|
| 見ます→見ない | mi.ma.su./mi.na.i. |

**降ります→降りない**
o.ri.ma.su./o.ri.na.i.

できます→できない
de.ki.ma.su./de.ki.na.i.

（ 例　　句 ）

◈野菜を食べません。

　ya.sa.i./o./ta.be.ma.se.n.

　　↓

◈野菜を食べない。

　ya.sa.i./o./ta.be.na.i.

　不吃蔬菜。


◈電車を降りません。

　de.n.sha./o./o.ri.ma.se.n.

　　↓

◈電車を降りない。

　de.n.sha./o./o.ri.na.i.

　不下火車。

♤ 朝早く起きません。

a.sa./ha.ya.ku./o.ki.ma.se.n.

↓

♤ 朝早く起きない。

a.sa.ha.ya.ku./o.ki.na.i.

不會一大早起床。

♤ 電話をかけません。

de.n.wa./wo./ka.ke.ma.se.n.

↓

♤ 電話をかけない。

de.n.wa./o./ka.ke.na.i.

不打電話。

♤ 答えを見せません。

ko.ta.e./o./mi.se.ma.se.n.

↓

♤ 答えを見せない。

ko.ta.e./o./mi.se.na.i.

不讓對方看答案。

# ない形 — III 類動詞

### 說　明

III類動詞的常體否定為特殊的變化方式：

来ます→来ない

（請注意發音的變化）

します→しない

## 單字

来ます→来ない　（請注意發音的變化）
ki.ma.su./ko.na.i.

します→しない
shi.ma.su./shi.na.i.

勉強します→勉強しない
be.n.kyo.u.shi.ma.su./be.n.kyo.u.shi.na.i.

洗濯します→洗濯しない
se.n.ta.ku.shi.ma.su./se.n.ta.ku.shi.na.i.

質問します→質問しない
shi.tsu.mo.n.shi.ma.su./shi.tsu.mo.n.shi.na.i.

説明します→説明しない
se.tsu.me.i.shi.ma.su./se.tsu.me.i.shi.na.i.

紹介します→紹介しない
sho.u.ka.i.shi.ma.su./sho.u.ka.i.shi.na.i.

心配します→心配しない
shi.n.pa.i.shi.ma.su./shi.n.pa.i.shi.na.i.

結婚します→結婚しない
ke.kko.n.shi.ma.su./ke.kko.n.shi.na.i.

### 例　句

♤ うちに来ません。
u.chi./ni./ki.ma.se.n.
↓

♤ うちに来ない。
u.chi./ni./ko.na.i.
不來我家。

♤ 友達と一緒に勉強しません。
to.mo.da.chi./to./i.ssho.ni./be.n.kyo.u./shi.ma.
se.n.
↓

♤ 友達と一緒に勉強しない。
to.mo.da.chi./to./i.ssho.ni./be.n.kyo.u.shi.na.i.
不和朋友一起念書。

♠ 子供のことを心配しません。

ko.do.mo./no./ko.to./o./shi.n.pa.i./shi.ma.se.n.

↓

♠ 子供のことを心配しない。

ko.do.mo./no./ko.to./o./shi.n.pa.i./shi.na.i.

不擔心孩子的事。

第 *10* 課
使用ない形
的表現

# 食(た)べないでください。

ta.be.na.i.de./ku.da.sa.i.

請不要吃。

說　明

「～ないでください」是委婉的禁止，表示
請不要做某件事情，此句句型是：

Vないでください

Vない：ない形

例　句

♧ タバコを吸(す)わないでください。

ta.ba.ko./o./su.wa.na.i.de./ku.da.sa.i.

請不要吸菸。

♧ この機械(きかい)を使(つか)わないでください。

ko.no./ki.ka.i./o./tsu.ka.wa.na.i.de./ku.da.sa.i.

請不要用這臺機器。

♧ 図書館(としょかん)の本(ほん)にメモしないでください。

to.sho.ka.n./no./ho.n./ni./me.mo./shi.na.i.de./ku.da.sa.i.

請不要在圖書館的書上做筆記。

♧ 寒(さむ)いので、ドアを開(あ)けないでください。

sa.mu.i./no.de./do.a./o./a.ke.na.i.de./ku.da.sa.i.

因為很冷，請不要開門。

♠ 今日は出かけないでください。

kyo.u./wa./de.ka.ke.na.i.de./ku.da.sa.i.

今天請不要出門。

♠ 写真を撮らないでください。

sha.shi.n./o./to.ra.na.i.de./ku.da.sa.i.

請不要拍照。

♠ 心配しないでください。

shi.n.pa.i./shi.na.i.de./ku.da.sa.i.

請不要擔心。

♠ 質問しないでください。

shi.tsu.mo.n./shi.na.i.de./ku.da.sa.i.

請不要發問。

♠ 話さないでください。

ha.na.sa.na.i.de./ku.da.sa.i.

請不要說出去。

## 單字

| タバコ 【菸】 |
| --- |
| ta.ba.ko. |

| 機械 【機器】 |
| --- |
| ki.ka.i. |

| 図書館 【圖書館】 |
| --- |
| to.sho.ka.n. |

**メモ** 【筆記】
me.mo.

**ドア** 【門】
do.a.

<ruby>写真<rt>しゃしん</rt></ruby> 【照片】
sha.shi.n.

## 食べなければなりません。

た

ta.be.na.ke.re.ba./na.ri.ma.se.n.

非吃不可／一定要吃。

### 說　明

「～なければなりません」是表示一定要做
某件事情，帶有義務、強制、禁止的意思，
此句句型是：
Vなければ＋なりません
將ない形「Vない」變成「Vなければ」

### 例　句

♠ レポートを出さなければなりません。

だ

re.po.o.to./o./da.sa.na.ke.re.ba./na.ri.ma.se.n.

報告不交不行。／一定要交報告。

♠ お金を払わなければなりません。

かね　はら

o.ka.ne./o./ha.ra.wa.na.ke.re.ba./na.ri.ma.se.n.

不付錢不行。／一定要付錢。

♠ 七時に帰らなければなりません。

しちじ　かえ

shi.chi.ji./ni./ka.e.ra.na.ke.re.ba./na.ri.ma.se.n.

七點前不回家不行。／七點一定要回家。

♠ 掃除しなければなりません。

そうじ

so.u.ji./shi.na.ke.re.ba./na.ri.ma.se.n.

不打掃不行。／一定要打掃。

♠勉強しなければなりません。

be.n.kyo.u./shi.na.ke.re.ba./na.ri.ma.se.n.

不用功不行。/一定要用功。

♠仕事を頑張らなければなりません。

shi.go.to./o./ga.n.ba.ra.na.ke.re.ba./na.ri.ma.se.
n.

工作不努力不行。/一定要努力工作。

## 單字

| 掃除 【打掃】 |
| --- |
| so.u.ji. |

| お金 【錢】 |
| --- |
| o.ka.ne. |

| レポート 【報告】 |
| --- |
| re.po.o.to. |

# 食<ruby>た<rt></rt></ruby>べないほうがいいです。

ta.be.na.i./ho.u./ga./i.i.de.su.

最好別吃。

### 說 明

「～ないほうがいいです」是提供對方意見，表示不要這麼做會比較好；句型是：

Vない＋ほうがいいです

Vない：動詞常體ない形

註：表示建議的句型，還有另一種「Vたほうがいいです」，是建議對方最好要做什麼事。可參考た形篇。

### 例 句

♠ カタカナで書<ruby>か<rt></rt></ruby>かないほうがいいです。

ka.ta.ka.na./de./ka.ka.na.i./ho.u./ga./i.i.de.su.

最好別用片假名寫。

♠ 見<ruby>み<rt></rt></ruby>ないほうがいいです。

mi.na.i./ho.u./ga./i.i.de.su.

最好不要看。

♠ 名前<ruby>なまえ<rt></rt></ruby>を書<ruby>か<rt></rt></ruby>かないほうがいいです。

na.ma.e./o./ka.ka.na.i./ho.u./ga./i.i.de.su.

最好不要寫名字。

♠ 行かないほうがいいです。

i.ka.na.i./ho.u./ga./i.i./de.su.

最好不要去。

♠ しないほうがいいです。

shi.na.i./ho.u./ga./i.i.de.su.

別這麼做比較好。

♠ 話さないほうがいいです。

ha.na.sa.na.i./ho.u./ga./i.i.de.su.

最好別説。

## 單字

カタカナ 【片假名】

ka.ta.ka.na.

名前 【名字】

na.ma.e.

# 第 11 課
## た形
## （常體過去形）

# た形－Ⅰ類動詞

### 說明

た形又稱為常體過去形，Ⅰ類動詞的常體過去形變化又可依照動詞ます形的語幹最後一個字，分為下列幾種：

①語幹最後一個字為い、ち、り→った
②語幹最後一個字為き、ぎ→いた、いだ
③語幹最後一個字為み、び、に→んだ
④語幹最後一個字為し→した

### 單字

#### Ⅰ類動詞－語幹最後一個字為い、ち、り→った

**買います→買った**
ka.i.ma.su./ka.tta.

**払います→払った**
ha.ra.i.ma.su./ha.ra.tta.

**歌います→歌った**
u.ta.i.ma.su./u.ta.tta.

**作ります→作った**
tsu.ku.ri.ma.su./tsu.ku.tta.

送ります→送った
o.ku.ri.ma.su./o.ku.tta.

売ります→売った
u.ri.ma.su./u.tta.

待ちます→待った
ma.chi.ma.su./ma.tta.

持ちます→持った
mo.chi.ma.su./mo.tta.

立ちます→立った
ta.chi.ma.su./ta.tta.

行きます→行った　　（此為特殊變化）
i.ki.ma.su./i.tta.

例　句

♤ 新しい携帯を買いました。
a.ta.ra.shi.i./ke.i.ta.i./o./ka.i.ma.shi.ta.
　↓
♤ 新しい携帯を買った。
a.ta.ra.shi.i./ke.i.ta.i./o./ka.tta.
買了新手機。

♤ 自分で料理を作りました。

ji.bu.n./de./ryo.u.ri./o./tsu.ku.ri.ma.shi.ta.

↓

♤ 自分で料理を作った。

ji.bu.n./de./ryo.u.ri./o./tsu.ku.tta.

自己做了菜。

♤ 長く待ちました。

na.ga.ku./ma.chi.ma.shi.ta.

↓

♤ 長く待った。

na.ga.ku./ma.tta.

等了很久。

## 單字

### Ⅰ類動詞－語幹最後一個字為き、ぎ→いた、いだ

書きます→書いた
ka.ki.ma.su./ka.i.ta.

聞きます→聞いた
ki.ki.ma.su./ki.i.ta.

泣きます→泣いた
na.ki.ma.su./na.i.ta.

歩きます→歩いた
a.ru.ki.ma.su./a.ru.i.ta.

働きます→働いた
ha.ta.ra.ki.ma.su./ha.ta.ra.i.ta.

泳ぎます→泳いだ　（ぎ→いだ）
o.yo.gi.ma.su./o.yo.i.da.

脱ぎます→脱いだ　（ぎ→いだ）
nu.gi.ma.su./nu.i.da.

例　句

◈小説を書きました。

sho.u.se.tsu./o./ka.ki.ma.shi.ta.

↓

◈小説を書いた。

sho.u.se.tsu./o./ka.i.ta.

寫了小說。

♠学校まで歩きました。

ga.kko.u./ma.de./a.ru.ki.ma.shi.ta.

↓

♠学校まで歩いた。

ga.kko.u./ma.de./a.ru.i.ta.

走到學校。

♠ プールで泳ぎました。

　pu.u.ru./de./o.yo.gi.ma.shi.ta.

　↓

♠ プールで泳いだ。

　pu.u.ru./de./o.yo.i.da.

　在泳池游過泳。

## 單字

### Ⅰ類動詞－語幹最後一個字為み、び、に→んだ

飲みます→飲んだ

no.mi.ma.su./no.n.da.

- - - - - - - - - - - - - - - - - - - - - - - -

読みます→読んだ

yo.mi.ma.su./yo.n.da.

- - - - - - - - - - - - - - - - - - - - - - - -

住みます→住んだ

su.mi.ma.su./su.n.da.

- - - - - - - - - - - - - - - - - - - - - - - -

休みます→休んだ

ya.su.mi.ma.su./ya.su.n.da.

- - - - - - - - - - - - - - - - - - - - - - - -

飛びます→飛んだ

to.bi.ma.su./to.n.da.

- - - - - - - - - - - - - - - - - - - - - - - -

呼びます→呼んだ

yo.bi.ma.su./yo.n.da.

遊びます→遊んだ
a.so.bi.ma.su./a.so.n.da.

死にます→死んだ
shi.ni.ma.su./shi.n.da.

### 例　句

♧昨日くすりを飲みました。
ki.no.u./ku.su.ri./o./no.mi.ma.shi.ta.
↓
♧昨日くすりを飲んだ。
ki.no.u./ku.su.ri./o./no.n.da.
昨天吃了藥。

♧公園で遊びました。
ko.u.e.n./de./a.so.bi.ma.shi.ta.
↓
♧公園で遊んだ。
ko.u.e.n./de./a.so.n.da.
去公園玩過了。

♧日本に住みました。
ni.ho.n./ni./su.mi.ma.shi.ta.
↓

♠ 日本に住んだ。

ni.ho.n./ni./su.n.da.

在日本住過。

| 單字：Ⅰ類動詞－語幹最後一個字為し →した |
| --- |

話します→話した
ha.na.shi.ma.su./ha.na.shi.ta.

消します→消した
ke.shi.ma.su./ke.shi.ta.

貸します→貸した
ka.shi.ma.su./ka.shi.ta.

返します→返した
ka.e.shi.ma.su./ka.e.shi.ta.

（例 句）

♠ 昨日、友達と話しました。

ki.no.u./to.mo.da.chi./to./ha.na.shi.ma.shi.ta.

↓

♠ 昨日、友達と話した。

ki.no.u./to.mo.da.chi./to./ha.na.shi.ta.

昨天和朋友說過話。

◈ 電気を消しました。

de.n.ki./o./ke.shi.ma.shi.ta.

↓

◈ 電気を消した。

de.n.ki./o./ke.shi.ta.

把燈關了。


◈ お金を貸しました。

o.ka.ne./o./ka.shi.ma.shi.ta.

↓

◈ お金を貸した。

o.ka.ne./o./ka.shi.ta.

借了錢。

# た形 − II類動詞

說明

II類動詞要變化成常體過去形，只需要把動詞ます形的語幹後面加上「た」即完成變化。

例如：

食べます

↓

食べ（刪去ます）

↓

食べた

## 單字：ます→た

教えます→教えた
o.shi.e.ma.su./o.shi.e.ta.

掛けます→掛けた
ka.ke.ma.su./ka.ke.ta.

見せます→見せた
mi.se.ma.su./mi.se.ta.

捨てます→捨てた
su.te.ma.su./su.te.ta.

始めます→始めた
ha.ji.me.ma.su./ha.ji.me.ta.

寝ます→寝た
ne.ma.su./ne.ta.

出ます→出た
de.ma.su./de.ta.

いきます→いた
i.ma.su./i.ta.

着ます→着た
ki.ma.su./ki.ta.

飽きます→飽きた
a.ki.ma.su./a.ki.ta.

起きます→起きた
o.ki.ma.su./o.ki.ta.

生きます→生きた
i.ki.ma.su./i.ki.ta.

過ぎます→過ぎた
su.gi.ma.su./su.gi.ta.

似ます→似た
ni.ma.su./ni.ta.

見ます→見た
mi.ma.su./mi.ta.

降ります→降りた
o.ri.ma.su./o.ri.ta.

できます→できた
de.ki.ma.su./de.ki.ta.

（例　句）

♠野菜を食べました。

　ya.sa.i./o./ta.be.ma.shi.ta.

　↓

♠野菜を食べた。

　ya.sa.i./o./ta.be.ta.

　吃過蔬菜了。

♠電車を降りました。

　de.n.sha./o./o.ri.ma.shi.ta.

　↓

♠電車を降りた。

　de.n.sha./o./o.ri.ta.

　下火車了。

237

# た形 － III 類動詞

說明

III類動詞為特殊的變化，變化的方法如下：

来ます→来た

します→した

勉強します→勉強した

## 單字

来ます→来た　（請注意發音的變化）
ki.ma.su./ki.ta.

します→した
shi.ma.su./shi.ta.

勉強します→勉強した
be.n.kyo.u.shi.ma.su./be.n.kyo.u.shi.ta.

洗濯します→洗濯した
se.n.ta.ku.shi.ma.su./se.n.ta.ku.shi.ta.

質問します→質問した
shi.tsu.mo.n.shi.ma.su./shi.tsu.mo.n.shi.ta.

説明します→説明した
se.tsu.me.i.shi.ma.su./se.tsu.me.i.shi.ta.

紹介します→紹介した
sho.u.ka.i.shi.ma.su./sho.u.ka.i.shi.ta.

心配します→心配した
shi.n.pa.i.shi.ma.su./shi.n.pa.i.shi.ta.

結婚します→結婚した
ke.kko.n.shi.ma.su./ke.kko.n.shi.ta.

例　句

♤野菜を食べました。

ya.sa.i./o./ta.be.ma.shi.ta.

　↓

♤野菜を食べた。

ya.sa.i./o./ta.be.ta.

吃過蔬菜了。

♤うちに来ました。

u.chi./ni./ki.ma.shi.ta.

　↓

♤うちに来た。

u.chi./ni./ki.ta.

來我家了。

◈ 友達と一緒に勉強しました。

to.mo.da.chi./to./i.ssho.ni./be.n.kyo.u./shi.ma.
shi.ta.

↓

◈ 友達と一緒に勉強した。

to.mo.da.chi./to./i.ssho.ni./be.n.kyo.u.shi.ta.

和朋友一起念過書了。


◈ 子供のことを心配しました。

ko.do.mo./no./ko.to./o./shi.n.pa.i.shi.ma.shi.ta.

↓

◈ 子供のことを心配した。

ko.do.mo./no./ko.to./o./shi.n.pa.i.shi.ta.

擔心過孩子的事了。

# なかった形（常體過去否定形）

（說　明）

在前面學到了，常體非過去的否定形，字尾都是用「ない」的方式表現。

「ない」是屬於「い形容詞」。在形容詞篇中則學過「い形容詞」的過去式，因此「ない」的過去式就是「なかった」。

而常體過去形的否定，則只需要將常體過去形的字尾的「ない」改成「なかった」即可。

例如：

書かない

↓

去掉字尾的い，加上かった

↓

書かなかった

## 單字：１類動詞

行<ruby>い</ruby>かない→行<ruby>い</ruby>かなかった
i.ka.na.i./i.ka.na.ka.tta.

働<ruby>はたら</ruby>かない→働<ruby>はたら</ruby>かなかった
ha.ta.ra.ka.na.i./ha.ta.ra.ka.na.ka.tta.

泳がない→泳がなかった
o.yo.ga.na.i./o.yo.ga.na.ka.tta.

**話さない→話さなかった**
ha.na.sa.na.i./ha.na.sa.na.ka.tta.

待たない→待たなかった
ma.ta.na.i./ma.ta.na.ka.tta.

**死なない→死ななかった**
shi.na.na.i./shi.na.na.ka.tta.

呼ばない→呼ばなかった
yo.ba.na.i./yo.ba.na.ka.tta.

**飲まない→飲まなかった**
no.ma.na.i./no.ma.na.ka.tta.

作らない→作らなかった
tsu.ku.ra.na.i./tsu.ku.ra.na.ka.tta.

**買わない→買わなかった**
ka.wa.na.i./ka.wa.na.ka.tta.

洗わない→洗わなかった
a.ra.wa.na.i./a.ra.wa.na.ka.tta.

## II 類動詞

食べない→食べなかった
ta.be.na.i./ta.be.na.ka.tta.

開<ruby>あ<rt>あ</rt></ruby>けない→開<ruby>あ<rt>あ</rt></ruby>けなかった
a.ke.na.i./a.ke.na.ka.tta.

降<ruby>お<rt>お</rt></ruby>りない→降<ruby>お<rt>お</rt></ruby>りなかった
o.ri.na.i./o.ri.na.ka.tta.

借<ruby>か<rt>か</rt></ruby>りない→借<ruby>か<rt>か</rt></ruby>りなかった
ka.ri.na.i./ka.ri.na.ka.tta.

見<ruby>み<rt>み</rt></ruby>ない→見<ruby>み<rt>み</rt></ruby>なかった
mi.na.i./mi.na.ka.tta.

着<ruby>き<rt>き</rt></ruby>ない→着<ruby>き<rt>き</rt></ruby>なかった
ki.na.i./ki.na.ka.tta.

## III 類動詞

来<ruby>こ<rt>こ</rt></ruby>ない→来<ruby>こ<rt>こ</rt></ruby>なかった
ko.na.i./ko.na.ka.tta.

しない→しなかった
shi.na.i./shi.na.ka.tta.

勉強<ruby>べんきょう<rt>べんきょう</rt></ruby>しない→勉強<ruby>べんきょう<rt>べんきょう</rt></ruby>しなかった
be.n.kyo.u.shi.na.i./be.n.kyo.u.shi.na.ka.tta.

**例 句**

♤ 昨日<ruby>きのう<rt>きのう</rt></ruby>、手紙<ruby>てがみ<rt>てがみ</rt></ruby>を書<ruby>か<rt>か</rt></ruby>きませんでした。
ki.no.u./te.ga.mi./o./ka.ki.ma.se.n./de.shi.ta.

↓

♠ 昨日、手紙を書かなかった。

ki.no.u./te.ga.mi./o./ka.ka.na.ka.tta.

昨天沒有寫信


♠ 昨日、家から出ませんでした。

ki.no.u./i.e./ka.ra./de.ma.se.n./de.shi.ta.

↓

♠ 昨日、家から出なかった。

ki.no.u./i.e./ka.ra./de.na.ka.tta.

昨天沒有出門


♠ 昨日、私は質問しませんでした。

ki.no.u./wa.ta.shi./wa./shi.tsu.mo.n./shi.ma.se.
n./de.shi.ta.

↓

♠ 昨日、私は質問しなかった。

ki.no.u./wa.ta.shi./wa./shi.tsu.mo.n./shi.na.ka.
tta.

昨天我沒有發問。

第 *12* 課
使用た形
的表現

# 食べたことがあります。

た

ta.be.ta./ko.to./ga./a.ri.ma.su.

有吃過。

## 說　明

「～たことがあります」是表示有沒有做過
某件事情，用來表示經歷、經驗；句型是：

Ｖた＋ことがあります(有過～)

Ｖた＋ことがありません(沒有過～)

Ｖた：動詞常體過去式

## 例　句

♤日本へ行ったことがありますか。

にほん　い

ni.ho.n./e./i.tta./ko.to./ga./a.ri.ma.su.ka.

有去過日本嗎？

♤サメを見たことことがあります。

み

sa.me./o./mi.ta./ko.to./ga./a.ri.ma.su.

有看過鯊魚。

♤この本を読んだことがあります。

ほん　よ

ko.no./ho.n./o./yo.n.da./ko.to./ga./a.ri.ma.su.

有讀過這本書。

♤手紙を書いたことがありますか。

てがみ　か

te.ga.mi./o./ka.i.ta./ko.to./ga./a.ri.ma.su.ka.

有寫過信嗎？

使用た形的表現

◈ 日本語で話したことがあります。

ni.ho.n.go./de./ha.na.shi.ta./ko.to./ga./a.ri.ma.su.

有用日文講過話。

◈ お花見に行ったことがありますか。

o.ha.na.mi./ni./i.tta./ko.to./ga./a.ri.ma.su.ka.

有去賞過花嗎？

## 單字

| サメ 【鯊魚】 |
| --- |
| sa.me. |

| お花見 【賞櫻花】 |
| --- |
| o.ha.na.mi. |

# 食べたほうがいいです。

ta.be.ta./ho.u.ga./i.i.de.su.

最好是吃。

**說　明**

「〜たほうがいいです」是提供對方意見，
表示這麼做會比較好；句型是：

Ｖた＋ほうがいいです

Ｖた：動詞常體過去式

註：表示建議的句型，還有另一種「Ｖない
ほうがいいです」，是建議對方最好不要做
什麼事。可參考ない形篇。

使用た形的表現

**例　句**

♤ 片仮名で書いたほうがいいです。

ka.ta.ga.na./de./ka.i.ta./ho.u.ga./i.i.de.su.

最好用片假名寫。

♤ 傘を持っていったほうがいいです。

ka.sa./o./mo.tte./i.tta./ho.u.ga./i.i.de.su.

最好帶傘去。

♤ 名前を書いたほうがいいです。

na.ma.e./o./ka.i.ta./ho.u.ga./i.i.de.su.

最好寫上名字。

◆ もっと勉強（べんきょう）したほうがいいです。

mo.tto./be.n.kyo.u./shi.ta./ho.u./ga./i.i.de.su.

最好多用功點。

◆ そうしたほうがいいです。

so.u./shi.ta./ho.u./ga./i.i.de.su.

這麼做最好。

◆ 早（はや）く休（やす）んだほうがいいです。

ha.ya.ku./ya.su.n.da./ho.u./ga./i.i.de.su.

早點休息比較好。

## 單字

| | |
|---|---|
| もっと 【更加】<br>mo.tto. | |
| 片仮名（かたかな） 【片假名】<br>ka.ta.ga.na. | |

# 食べたり飲んだりしました。

ta.be.ta.ri./no.n.da.ri./shi.ma.shi.ta.

吃吃喝喝。

## 說　明

「～たり～たりする」是表示做做這個、做做那個。並非同時進行，也並非有固定的順序，而是從自己做過的事情當中，挑選幾樣說出來。句型是：

Ｖ１たり＋Ｖ２たり＋します。

Ｖ１た、Ｖ２た：動詞常體過去形

## 例　句

♧ 日曜日は寝たり食べたりしました。

ni.chi.yo.u.bi./wa./ne.ta.ri./ta.be.ta.ri./shi.ma.shi.ta.

星期日在吃吃睡睡中度過。

♧ 今日は本を読んだり絵を描いたりしました。

kyo.u./wa./ho.n.o./yo.n.da.ri./e.o./ka.i.ta.ri./shi.ma.shi.ta.

今天看了書、畫了畫。

使用た形的表現

◈ 朝は洗濯したり散歩したりします。

a.sa./wa./se.n.ta.ku./shi.ta.ri./sa.n.po.shi.ta.ri./
shi.ma.su.

早上要洗衣服、散步。

◈ 休みの日は友達に会ったり音楽を聴い
たりします。

ya.su.mi./no./hi./wa./to.mo.da.chi.ni./a.tta.ri./o.
n.ga.ku./o./ki.i.ta.ri./shi.ma.su.

假日會和朋友見面、聽聽音樂。

◈ 毎日アニメを見たり漫画を読んだりし
ます。

ma.i.ni.chi./a.ni.me./o./mi.ta.ri./ma.n.ga./o./yo.
n.da.ri./shi.ma.su.

每天看看卡通，看看漫畫。

◈ 毎日掃除したりご飯を作ったりします。

ma.i.ni.chi./so.u.ji./shi.ta.ri./go.ha.n./o./tsu.ku.
tta.ri./shi.ma.su.

每天打掃、作飯。

## 單字

| にちようび |
| --- |
| 日曜日　【星期日】 |
| ni.chi.yo.u.bi. |

| え |
| --- |
| 絵　【畫】 |
| e. |

毎日 【毎天】
<ruby>毎<rt>まい</rt></ruby><ruby>日<rt>にち</rt></ruby>
ma.i.ni.chi.

アニメ 【動畫、卡通】
a.ni.me.

漫画 【漫畫】
<ruby>漫<rt>まん</rt></ruby><ruby>画<rt>が</rt></ruby>
ma.n.ga.

第 13 課

# て形

# 085

# て形－Ⅰ類動詞

（説　明）

て形是屬於接續的用法，Ⅰ類動詞的て形變化又可依照動詞ます形的語幹最後一個字，分為下列幾種：

①語幹最後一個字為い、ち、り→って

②語幹最後一個字為き、ぎ→いて、いで

③語幹最後一個字為み、び、に→んで

④語幹最後一個字為し→して

## 單字：語幹最後一個字為い、ち、り→って

買います→買って
ka.i.ma.su./ka.tte.

払います→払って
ha.ra.i.ma.su./ha.ra.tte.

歌います→歌って
u.ta.i.ma.su./u.ta.tte.

作ります→作って
tsu.ku.ri.ma.su./tsu.ku.tte.

送ります→送って
o.ku.ri.ma.su./o.ku.tte.

て形

売ります→売って
u.ri.ma.su./u.tte.

待ちます→待って
ma.chi.ma.su./ma.tte.

持ちます→持って
mo.chi.ma.su./mo.tte.

立ちます→立って
ta.chi.ma.su./ta.tte.

行きます→行って　（此為特殊變化）
i.ki.ma.su./i.tte.

## 語幹最後一個字為き、ぎ→いて、いで

書きます→書いて
ka.ki.ma.su./ka.i.te.

聞きます→聞いて
ki.ki.ma.su./ki.i.te.

泣きます→泣いて
na.ki.ma.su./na.i.te.

歩きます→歩いて
a.ru.ki.ma.su./a.ru.i.te.

働きます→働いて
ha.ta.ra.ki.ma.su./ha.ta.ra.i.te.

**泳ぎます→泳いで**
o.yo.gi.ma.su./o.yo.i.de.

**脱ぎます→脱いで**
nu.gi.ma.su./nu.i.de.

### 語幹最後一個字為み、び、に→んで

**飲みます→飲んで**
no.mi.ma.su./no.n.de.

**読みます→読んで**
yo.mi.ma.su./yo.n.de.

**住みます→住んで**
su.mi.ma.su./su.n.de.

**休みます→休んで**
ya.su.mi.ma.su./ya.su.n.de.

**飛びます→飛んで**
to.bi.ma.su./to.n.de.

**呼びます→呼んで**
yo.bi.ma.su./yo.n.de.

**遊びます→遊んで**
a.so.bi.ma.su./a.so.n.de.

**死にます→死んで**
shi.ni.ma.su./shi.n.de.

て形

## 語幹最後一個字為し→して

話します→話して
ha.na.shi.ma.su./ha.na.shi.te.

消します→消して
ke.shi.ma.su./ke.shi.te.

貸します→貸して
ka.shi.ma.su./ka.shi.te.

返します→返して
ka.e.shi.ma.su./ka.e.shi.te.

# 086

# て形－II類動詞

說　明

II類動詞要變化成て形，只需要把動詞ます形的語幹後面加上「て」即完成變化。

例如：

食べます

↓

食べ　~~ます~~

↓

食べて

## 單字：ます→て

<sub>おし</sub>
教えます→<sub>おし</sub>教えて
o.shi.e.ma.su./o.shi.e.te.

<sub>か</sub>
掛けます→<sub>か</sub>掛けて
ka.ke.ma.su./ka.ke.te.

<sub>み</sub>
見せます→<sub>み</sub>見せて
mi.se.ma.su./mi.se.te.

<sub>す</sub>
捨てます→<sub>す</sub>捨てて
su.te.ma.su./su.te.te.

<sub>はじ</sub>
始めます→<sub>はじ</sub>始めて
ha.ji.me.ma.su./ha.ji.me.te.

て形

寝ます→寝て
ne.ma.su./ne.te.

出ます→出て
de.ma.su./de.te.

います→いて
i.ma.su./i.te.

着ます→着て
ki.ma.su./ki.te.

飽きます→飽きて
a.ki.ma.su./a.ki.te.

起きます→起きて
o.ki.ma.su./o.ki.te.

生きます→生きて
i.ki.ma.su./i.ki.te.

過ぎます→過ぎて
su.gi.ma.su./su.gi.te.

似ます→似て
ni.ma.su./ni.te.

見ます→見て
mi.ma.su./mi.te.

降<ruby>お</ruby>ります→降<ruby>お</ruby>りて
o.ri.ma.su./o.ri.te.

できます→できて
de.ki.ma.su./de.ki.te.

# て形 － III 類動詞

（説　明）

III類動詞為特殊的變化，變化的方法如下：

来ます→来て

します→して

勉強します→勉強して

## 單字

来ます→来て
ki.ma.su./ki.te.

します→して
shi.ma.su./shi.te.

勉強します→勉強して
be.n.kyo.u.shi.ma.su./be.n.kyo.u.shi.te.

洗濯します→洗濯して
se.n.ta.ku.shi.ma.su./se.n.ta.ku.shi.te.

質問します→質問して
shi.tsu.mo.n.shi.ma.su./shi.tsu.mo.n.shi.te.

説明します→説明して
se.tsu.me.i.shi.ma.su./se.tsu.me.i.shi.te.

紹介します→紹介して
sho.u.ka.i.shi.ma.su./sho.u.ka.i.shi.te.

心配します→心配して
shi.n.pa.i.shi.ma.su./shi.n.pa.i.shi.te.

結婚します→結婚して
ke.kko.n.shi.ma.su./ke.kko.n.shi.te.

運動します→運動して
u.n.do.u.shi.ma.su./u.n.do.u.shi.te.

案内します→案内して
a.n.na.i.shi.ma.su./a.n.na.i.shi.te.

電話します→電話して
de.n.wa.shi.ma.su./de.n.wa.shi.te.

て形

# 第 14 課
## 使用て形的表現

# 名前を書いて、出します。
**な　まえ　か　　　　だ**

na.ma.e./o./ka.i.te./da.shi.ma.su.

寫上名字後，交出去。

## 說　明

表示動作先後的句型是：

表示動作先後的句型是：

Ｖ１て＋Ｖ２ます。

（Ｖ１て：先進行的動作て形　／　Ｖ２：
後進行的動作）

在上述的句型中，Ｖ１是表示先進行的動
作，完成了Ｖ１之後，才進行Ｖ２這個動
作。若是有三個以上的動作，則依照順序，
把每個動詞都變成て形，最後一個動詞表示
時態即可，例如：

ご飯を食べて、歯を磨いて、シャワーを浴び
て、着替えて、それから寝ます。

吃完飯後刷牙，然後洗澡、換衣服之後，去
睡覺。

## 例　句

◈ ご飯を食べて、お皿を洗いました。
**はん　た　　　　　さら　あら**

go.ha.n./o./ta.be.te./o.sa.ra.o./a.ra.i.ma.shi.ta.

吃完飯後，洗碗。

使用て形的表現

♠ 手を洗って、ケーキを食べました。

te.o./a.ra.tte./ke.e.ki./o./ta.be.ma.shi.ta.

洗完手後，吃蛋糕。

♠ 手を上げて、質問します。

te.o./a.ge.te./shi.tsu.mo.n./shi.ma.su.

舉手後發問。

♠ バスに乗って、会社へ行きます。

ba.su./ni/no.tte./ka.i.sha./e./i.ki.ma.su.

坐車公車，前往公司。

♠ 本を読んで、寝ます。

ho.n.o./yo.n.de./ne.ma.su.

看完書後睡覺。

## 單字

| バス　【公車、巴士】 |
| --- |
| ba.su. |

| ケーキ　【蛋糕】 |
| --- |
| ke.e.ki. |

| お皿　【碗盤、盤】 |
| --- |
| o.sa.ra. |

**MP3 089**

# 授業が終わってから、外で遊びます。

ju.u.gyo.u./ga./o.wa.tte./ka.ra./so.to./de./a.so.bi. ma.su.

上完課後，出去玩。

**説 明**

「～てから」是表示動作的完成，後面要再加接下去的另一個動作；句型是：

V 1 てから＋V 2 ます。

V 1 て：動詞て形

V 2：接下去的動作

**例 句**

◈ 電話をかけてから、出かけます。

de.n.wa./o./ka.ke.te./ka.ra./de.ka.ke.ma.su.

打完電話後，就出門。

◈ 本を読んでから、作ります。

ho.n./o./yo.n.de./ka.ra./tsu.ku.ri.ma.su.

看完書後就開始做。

◈ 仕事が終わってから、ご飯を食べます。

shi.go.to./ga./o.wa.tte./ka.ra./go.ha.n./o./ta.be. ma.su.

工作完成後就吃飯。

使用て形的表現

♦ 電気を消してから、出かけます。

de.n.ki./o./ke.shi.te./ka.ra./de.ka.ke.ma.su.

關掉電燈後就出門。

♦ ライブが終わってから、食事をしました。

ra.i.bu./ga./o.wa.tte./ka.ra./sho.ku.ji./o./shi.ma.
shi.ta.

演唱會完了之後，去吃了飯。

## 單字

| |
|---|
| 電話　【電話】<br>de.n.wa. |
| 仕事　【工作】<br>shi.go.to. |
| ライブ　【演唱會】<br>ra.i.bu. |
| 食事　【吃飯】<br>sho.ku.ji. |

# 書<sub>か</sub>いています。

ka.i.te./i.ma.su.

正在寫。

**說　明**

「～ています」是表示狀態持續或是正在進行中的狀態；句型是：

Ｖて＋います

Ｖて：動詞て形

**例　句**

🐙 赤<sub>あか</sub>ちゃんは寝<sub>ね</sub>ています。

a.ka.cha.n./wa./ne.te./i.ma.su.

小寶寶正在睡覺。

🐙 学生<sub>がくせい</sub>は先生<sub>せんせい</sub>と話<sub>はな</sub>しています。

ga.ku.se.i./wa./se.n.se.i./to./ha.na.shi.te./i.ma.su.

學生正在和老師講話。

🐙 彼女<sub>かのじょ</sub>は友達<sub>ともだち</sub>を待<sub>ま</sub>っています。

ka.no.jo./wa./to.mo.da.chi./o./ma.tte./i.ma.su.

她正在等朋友。

🐙 今<sub>いま</sub>は本<sub>ほん</sub>を読<sub>よ</sub>んでいます。

i.ma./wa./ho.n./o./yo.n.de./i.ma.su.

現在正在讀書。

使用て形的表現

◈ 朝からずっと働いています。

a.sa./ka.ra./zu.tto./ha.ta.ra.i.te./i.ma.su.

從早上就一直在工作。

◈ 木村さんは結婚しています。

ki.mu.ra./sa.n./wa./ke.kko.n.shi.te./i.ma.su.

木村先生（小姐）已婚。

## 單字

赤ちゃん　【嬰兒】
a.ka.cha.n.

# 書いてください。

か

ka.i.te./ku.da.sa.i.

請寫。

## 說　明

「～てください」是表示請求、要求的意思。在使用的時候，使用的動詞是「希望對方做的動作」。比方說「書（か）いて」就是希望對方寫。

表示請求、要求的句型是：

Ｖて＋ください

Ｖて：動詞て形

## 例　句

♠ ここに記入してください。

きにゅう

ko.ko./ni./ki.nyu.u./shi.te./ku.da.sa.i.

請在這裡填入。

♠ ドアを開けてください。

あ

do.a./o./a.ke.te./ku.da.sa.i.

請打開門。

♠ 教えてください。

おし

o.shi.e.te./ku.da.sa.i.

請教我。

使用て形的表現

271

♠ この文を読んでください。

ko.no.bu.n./o./yo.n.de./ku.da.sa.i.

請讀這個句子。

♠ 私の話を聞いてください。

wa.ta.shi./no./ha.na.shi./o./ki.i.te./ku.da.sa.i.

請聽我説。

♠ 早く寝てください。

ha.ya.ku./ne.te./ku.da.sa.i.

請早點睡。

♠ 待ってください。

ma.tte./ku.da.sai.

請等一下。

♠ 電気を消してください。

de.n.ki./o./ke.shi.te./ku.da.sa.i.

請把燈關掉。

# 書いてもいいですか。

ka.i.te.mo./i.i.de.su.ka.

可以寫嗎？

説　明

「～てもいいですか」的意思是詢問可不可

以做什麼事情。

表示「請求許可」的句型是：

Ｖて＋もいいですか。

Ｖて：動詞て形

例　句

♠ タバコを吸ってもいいですか。

ta.ba.ko./o./su.tte.mo./i.i.de.su.ka.

可以吸菸嗎？

♠ ここに座ってもいいですか。

ko.ko./ni./su.wa.tte.mo./i.i.de.su.ka.

可以坐在這裡嗎？

♠ 写真を撮ってもいいですか。

sha.shi.n./o./to.tte.mo./i.i.de.su.ka.

可以讓我拍照嗎？

♠ トイレに行ってもいいですか。

to.i.re./ni./i.tte.mo./i.i.de.su.ka.

可以去洗手間嗎？

♠ 質問してもいいですか。
しつもん

shi.tsu.mo.n./shi.te.mo./i.i.de.su.ka.

可以發問嗎？

♠ テレビを見てもいいですか。
み

te.re.bi./o./mi.te.mo./i.i.de.su.ka.

可以看電視嗎？

♠ ここで降りてもいいですか。
お

ko.ko./de./o.ri.te.mo./i.i.de.su.ka.

可以在這裡下車嗎？

## 單字

テレビ 【電視】
te.re.bi.

# 書いてほしいです。

ka.i.te./ho.shi.i./de.su.

希望對方寫。

### 說 明

「～てほしいです」是表示希望別人做某件
事情，可以用在要求或是表示希望的場合，
句型裡用的動詞是希望對方做的動作。句型
是：

Vて＋ほしいです

Vて：動詞て形

### 例 句

♤大きい声で歌ってほしいです。

o.o.ki.i./ko.e./de./u.ta.tte./ho.shi.i./de.su.

希望對方大聲的唱。

♤早く起きてほしいです。

ha.ya.ku./o.ki.te./ho.shi.i./de.su.

希望對方早點起床。

♤社員がもっとインターネットを使って
ほしいです。

sha.i.n./ga./mo.tto./i.n.ta.a.ne.tto./o./tsu.ka.tte./
ho.shi.i./de.su.

希望職員能多利用網路。

使用て形的表現

♠ 子犬がもっと食べてほしいです。

ko.i.nu./ga./mo.tto./ta.be.te./ho.shi.i./de.su.

希望小狗多吃點。

♠ 立ってほしいです。

ta.tte./ho.shi.i./de.su.

希望對方站起來。

♠ 見て欲しいです。

mi.te./ho.shi.i./de.su.

希望對方看。

♠ 寫眞を撮って欲しいです。

sha.shi.n./o./to.tte./ho.shi.i./de.su.

希望對方拍照。

♠ ちゃんと練習してほしいです。

cha.n.to./re.n.shu.u./shi.te./ho.shi.i./de.su.

希望對方好好練習。

## 單字

| 声 【聲音（專指人及動物的聲音）】 |
| --- |
| ko.e. |

| 社員 【員工】 |
| --- |
| sha.i.n. |

| もっと 【更、更加】 |
| --- |
| mo.tto. |

インターネット　【網路】
i.n.ta.a.ne.tto.

子犬 こいぬ　【小狗】
ko.i.nu.

ちゃんと　【好好的】
cha.n.to.

## 書<sub>か</sub>いておきます。

ka.i.te./o.ki.ma.su.

預先寫好。

### 說　明

「～ておきます」是表示預先做好某件事情
的意思；句型是：

Vて＋おきます

Vて：動詞て形

註：「ておきます」可以縮約成「ときま
す」，普通形則為「とく」。

### 例　句

♠ 冷蔵庫<sub>れいぞうこ</sub>に麦茶<sub>むぎちゃ</sub>を冷<sub>ひ</sub>やしておきました。

（過去式：冷やしておきます→冷やし
ておきました）

re.i.zo.u.ko./ni./mu.gi.cha./o./hi.ya.shi.te./o.ki.
ma.shi.ta.

已經先把麥茶冰在冰箱了。

♠ 荷物<sub>にもつ</sub>を詰<sub>つ</sub>め込<sub>こ</sub>んでおきました。

ni.mo.tsu./o./tsu.me.ko.n.de./o.ki.ma.shi.ta.

已經把行李整理好了。

♠ エアコンをつけておきます。

a.e.ko.n./o./tsu.ke.te./o.ki.ma.su.

先把冷氣開著。

♧ 資料を机の上に置いておいてください。

（置いておきます＋ください→置いて
おいてください）

shi.ryo.u./o./tsu.ku.e./no./u.e./ni./o.i.te./ku.da.sa.i.

資料請先放在桌上。

♧ データを入力しておきます。

de.e.ta./o./nyu.u.ryo.ku.shi.te./o.ki.ma.su.

資料預先輸入完成。

♧ 文書をコピーしときます。

（縮約形：しておきます→しときます）

bu.n.sho./o./ko.pi.i./shi.to.ki.ma.su.

書面資料事先影印好。

## 單字

| | |
|---|---|
| 冷蔵庫 【冰箱】<br>re.i.zo.u.ko. | |
| 麦茶 【麥茶】<br>mu.gi.cha. | |
| 荷物 【行李】<br>ni.mo.tsu. | |
| エアコン 【冷氣】<br>e.a.ko.n. | |

資料 【資料】
shi.ryo.u.

机 【桌子】
tsu.ku.e.

データ 【資料】
de.e.ta.

入力します【輸入】
nyu.u.ryo.ku./shi.ma.su.

文書 【書面資料、文件】
bu.n.sho.

コピー 【複印】
ko.pi.i.

# 書いてみます。
### か

ka.i.te./mi.ma.su.

試著寫／寫寫看。

說　明

「～てみます」是表示試著去做某件事的意思，就像是中文裡會說的「試試看」「吃吃看」「寫寫看」的意思。表示嘗試的句型為：

Ｖて＋みます。

Ｖて：動詞て形

例　句

♠ 日本へ行ってみます。
　にほん　い

ni.ho.n./e./i.tte./mi.ma.su.

去日本看看。

♠ 挑戦してみます。
　ちょうせん

cho.u.se.n./shi.te./mi.ma.su.

挑戰看看。

♠ 是非食べてみてください。
　ぜひ　た

ze.hi./ta.be.te./mi.te./ku.da.sa.i.

請務必吃吃看。

◈一度料理を作ってみたいです。

　（みる＋たい→みたい）

i.chi.do./ryo.u.ri./o./tsu.ku.te./mi.ta.i./de.su.

試著做一次菜。

◈空を飛んでみたいです。

so.ra./o./to.n.de./mi.ta.i./de.su.

想在天空飛看看。

◈自分で服を作ってみました。

ji.bu.n./de./fu.ku./o./tsu.ku.tte./mi.ma.shi.ta.

試著自己做了衣服。

## 單字

| |
|---|
| 挑戦します【挑戰】<br>cho.u.se.n.shi.ma.su. |
| 是非　【務必】<br>ze.hi. |
| 一度　【一次】<br>i.chi.do. |
| 空　【天空】<br>so.ra. |
| 自分　【自己】<br>ji.bu.n. |

# 096

# 書いてしまいます。

ka.i.te./shi.ma.i.ma.su.

寫完了／不小心寫了。

### 說　明

「〜てしまいました」是表示完成了某件事情，或是表示不小心做了某件不該做的事情，故此句型通常會用「過去式」來表示。

句型為：

Ｖて＋しまいます。

Ｖて：動詞て形

### 例　句

♠ この本を全部読んでしまいました。

（しまいます→しまいました）

ko.no./ho.n./o./ze.n.bu./yo.n.de./shi.ma.i.ma.shi.ta.

看完這本書了。

♠ 彼は私のケーキを食べてしまいました。

ka.re./wa./wa.ta.shi./no./ke.e.ki./o./ta.be.te./shi.ma.i.ma.shi.ta.

他把我的蛋糕吃掉了。

♠ 大きい声で歌ってしまいました。

o.o.ki.i./ko.e.de./u.ta.tte./shi.ma.i.ma.shi.ta.

不小心大聲的唱出來。

使用て形的表現

♤ コピー機が壊れてしまいました。

ko.pi.i.ki./ga./ko.wa.re.te./shi.ma.i.ma.shi.ta.

影印機竟然壞了。

♤ つい食べてしまいました。

tsu.i./ta.be.te./shi.ma.i.ma.shi.ta.

不小心吃了。

♤ 悪口を言ってしまいました。

wa.ru.ku.chi./o./i.tte./shi.ma.i.ma.shi.ta.

不小心説了別人壞話。

## 單字

悪口 【壞話】
wa.ru.ku.chi.

# 第 15 課

## 授受表現

# 097

## 1. 私は友達からプレゼントをもらいます。

wa.ta.shi./wa./to.mo.da.chi./ka.ra./pu.re.ze.n.to./o./mo.ra.i.ma.su.

從朋友那兒得到禮物。

## 2. 私は友達にプレゼントをもらいます。

wa.ta.shi./wa./to.mo.da.chi./ni./pu.re.ze.n.to./o./mo.ra.i.ma.su.

從朋友那兒得到禮物。

( 說　明 )

授受表現是日語中相當重要的一環。不但要弄清楚是從哪邊拿來，還要注意到對方是平輩還是長輩，而選用不同的動詞。

在例句中，「もらいます」是表示「得到」的意思，一般是用在平輩或是晚輩關係上。「から」或是「に」則表示是從何處得來的。此句的主詞是「私は」，因此得到東西的是主詞「我」，而得到的東西則是「プレゼント」。

句型是：

授受表現

287

①主詞は＋對方に＋物品をもらいます
②主詞は＋對方から＋物品をもらいます

**例　句**

♠ 私は友達に本をもらいました。

wa.ta.shi./wa./to.mo.da.chi./ni./ho.n./o./mo.ra.i.
ma.shi.ta.

我從朋友那兒得到一本書。

♠ 私は友達にお土産をもらいました。

wa.ta.shi./wa./to.mo.da.chi./ni./o.mi.ya.ge./o./
mo.ra.i.ma.shi.ta.

我從朋友那兒得到伴手禮。

♠ （私は）友達に資料をもらいました。

wa.ta.shi./wa./to.mo.da.chi./ni./shi.ryo.u./o./mo.
ra.i.ma.shi.ta.

（我從）朋友那兒得到資料。

♠ 彼女は友達から手紙をもらいました。

ka.no.jo./wa./to.mo.da.chi./ka.ra./te.ga.mi./o./
mo.ra.i.ma.shi.ta.

她從朋友那兒得到了信。

♠ 彼は彼女からお守りをもらいました。

ka.re./wa./ka.no.jo./ka.ra./o.ma.mo.ri./o./mo.ra.
i.ma.shi.ta.

他從她那兒得到了護身符（御守）。

## 單字

もらいます 【得到】
mo.ra.i.ma.su.

お土産 【伴手禮】
o.mi.ya.ge.

資料 【資料】
shi.ryo.u.

お守り 【護身符、御守】
o.ma.mo.ri.

● わたし いもうと
# 私は妹にプレゼントを あげます。

wa.ta.shi./wa./i.mo.u.to./ni./pu.re.ze.n.to./o./a.
ge.ma.su.

我給妹妹禮物。

## 說　明

「あげます」是「給」的意思，是用在上位
者對下的關係，也就是給晚輩或家人東西
時，是用「あげました」，不可以用在長輩
或地位較自己高的人。而在句中的「に」則
是表示把東西給了誰。

句型是：

主詞は＋對象に＋物品をあげます。

## 例　句

わたし おとうと
♦私は弟にゲームをあげました。

wa.ta.shi./wa./o.to.u.to./ni./ge.e.mu./o./a.ge.ma.
shi.ta.

我給弟弟遊戲。

ちち いもうと
♦父は妹にぬいぐるみをあげました。

chi.chi./wa./i.mo.u.to./ni./nu.i.gu.ru.mi./o./a.ge.
ma.shi.ta.

爸爸給妹妹布偶。

♠ 母は妹に洋服をあげました。

ha.ha./wa./i.mo.u.to./ni./yo.u.fu.ku./o./a.ge.ma.
shi.ta.

媽媽給妹妹衣服。

♠ 私は妹に飴をあげました。

wa.ta.shi./wa./i.mo.u.to./ni./a.me./o./a.ge.ma.
shi.ta.

我給妹妹糖果。

♠ 母は弟に本をあげました。

ha.ha./wa./o.to.u.to./ni./ho.n./o./a.ge.ma.shi.ta.

媽媽給弟弟書。

♠ 父は妹にプレゼントをあげました。

chi.chi./wa./i.mo.u.to./ni./pu.re.ze.n.to./o./a.ge.
ma.shi.ta.

爸爸給妹妹禮物。

## 單字

ゲーム 【電玩、遊戲】
ge.e.mu.

妹 【妹妹】
i.mo.u.to.

ぬいぐるみ 【玩偶、布偶】
nu.i.gu.ru.mi.

母　【母親】
ha.ha.

洋服　【衣服】
yo.u.fu.ku.

飴　【糖果】
a.me.

# 先生は私にプレゼント
# をくれます。

せんせい　わたし

se.n.se.i./wa./wa.ta.shi./ni./pu.re.ze.n.to./o./ku.re.ma.su.

老師給我禮物。

## 說　明

「くれます」也是「給」的意思，但是用在
主詞是長輩或地位較高者的時候，也就是做
「給」的這個動作的人，是處於高位的，而
「給」的動作是在高位者給位階較低者。
「に」的前面，則是表示接受物品的人。

句型是：

主詞は＋對象に＋物品をくれます。

## 例　句

♧ 隣の人は私に本をくれました。

となり　ひと　わたし　ほん

to.na.ri./no./hi.to./wa./wa.ta.shi./ni./ho.n./o./ku.re.ma.shi.ta.

鄰居給我一本書。

♧ 先生は私にケーキをくれました。

せんせい　わたし

se.n.se.i./wa./wa.ta.shi./ni./ke.e.ki./o./ku.re.ma.shi.ta.

老師給我蛋糕。

授受表現

♠ 父は私に腕時計をくれました。

chi.chi./wa./wa.ta.shi./ni./u.de.do.ke.i./o./ku.re.

ma.shi.ta.

爸爸給我手錶。

♠ 上司は私にお土産をくれました。

jo.u.shi./wa./wa.ta.shi./ni./o.mi.ya.ge./o./ku.re.

ma.shi.ta.

上司給我伴手禮。

♠ 先生は妹に辞書をくれました。

se.n.se.i./wa./i.mo.u.to./ni./ji.sho./o./ku.re.ma.

shi.ta.

老師給妹妹字典。

## 單字

腕時計　【手錶】
u.de.do.ke.i.

隣　【旁邊、隔壁】
to.na.ri.

● 私（わたし）は先生（せんせい）にプレゼント
をさしあげます。

wa.ta.shi./wa./se.n.se.i/ni./pu.re.ze.n.to./o./sa.
shi.a.ge.ma.su.

我送老師禮物。

（ 說　明 ）

「さしあげます」是用在位階較低者送東西
給位階較高者時，也就當主詞是位階較低
的人，而接受禮物的人位階較高的時候，就
用「さしあげました」。比如句子中，送禮
物的人是「私」，而送禮的對象是「先生」
因此就要用「さしあげました」來表示自己
的敬意。

句型是：

主詞は＋對象に＋物品をさしあげます。

（ 例　句 ）

♠ 私（わたし）は上司（じょうし）にプレゼントをさしあげまし
た。

wa.ta.shi./wa./jo.u.shi./ni./pu.re.ze.n.to./o./sa.
shi.a.ge.ma.shi.ta.

我送上司禮物。

授受表現

◈ 私は課長にお土産をさしあげました。

wa.ta.shi.wa./ka.cho.u./ni./o.mi.ya.ge./o./sa.
shi.a.ge.ma.shi.ta.

我送課長伴手禮。

◈ 先生にケーキをさしあげました。

se.n.se.i./ni./ke.e.ki./o./sa.shi.a.ge.ma.shi.ta.

送老師蛋糕。

◈ 先生にお土産をさしあげます。

se.n.se.i./ni./o.mi.ya.ge./o./sa.shi.a.ge.ma.su.

（將）送老師伴手禮。

◈ 社長にプレゼントをさしあげます。

sha.cho.u./ni./pu.re.ze.n.to./o./sa.shi.a.ge.ma.su.

（將）送社長禮物。

# 101

# 友達が私を手伝ってくれます。

とも だち　　わたし　　　　て つだ

to.mo.da.chi./ga./wa.ta.shi./o./te.tsu.da.tte./ku.re.ma.su.

朋友幫我忙。

（說　明）

在授受關係中，還可以加上「て形」來表示
動作的授受。比如例句中「手伝ってくれま
す」的主詞是「友達」，也就是朋友為我做
了「手伝って」的動作。而句中的「私に」
（接受的對象）在一般的對話中，通常都會
省略。若是做動作的對方是地位更高的人，
就要用「くださいます」。

句型是：

主詞が＋對方を＋動詞て形＋くれます。

（例　句）

💠 友達が来てくれました。

とも だち　き

to.mo.da.chi./ga./ki.te./ku.re.ma.shi.ta.

朋友為我來了。

💠 母が買ってくれました。

はは　か

ha.ha./ga./ka.tte./ku.re.ma.shi.ta.

母親為我買了。

授受表現

297

♠ 彼が助けてくれました。

ka.re./ga./ta.su.ke.te./ku.re.ma.shi.ta.

他為我伸出援手。

♠ 彼女が食べてくれました。

ka.no.jo./ga./ta.be.te./ku.re.ma.shi.ta.

她幫我吃了。

♠ 彼が書いてくれました。

ka.re./ga./ka.i.te./ku.re.ma.shi.ta.

他幫我寫了。

♠ 先生が教えてくださいました。

se.n.se.i./ga./o.shi.e.te./ku.da.sa.i.ma.shi.ta.

老師教我。

（くれました→くださいました）

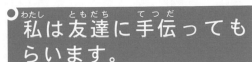

# 102

# 私は友達に手伝ってもらいます。

わたし　ともだち　　てつだ

wa.ta.shi./wa./to.mo.da.chi./ni./te.tsu.da.tte./mo.ra.i.ma.su.

我受到朋友的幫助。

### 説　明

「もらいます」的前面加上「て形」是表示自己接受了對方的動作，「て形」表示的是對方的動作，但是「もらいました」則是表示自己接受的意思。若做動作的對方是地位更高的人，那麼就要用「いただきます」。而句中的主詞「私は」在對話中通常會省略。

句型是：

主詞は＋對方に＋動詞て形＋もらいます。

### 例　句

♠ 友達に助けてもらいました。

ともだち　たす

to.mo.da.chi./ni./ta.su.ke.te./mo.ra.i.ma.shi.ta.

得到朋友的幫助。

♠ 山田さんにお金を貸してもらいました。

やまだ　　　　かね　か

ya.ma.da.sa.n./ni./o.ka.ne./o./ka.shi.te./mo.ra.i.ma.shi.ta.

山田先生借錢給我。

授受表現

♠ 彼に行き方を教えてもらいました。

ka.re./ni./i.ki.ka.ta./o./o.shi.e.te./mo.ra.i.ma.shi.
ta.

他教我去的方法。

♠ 彼女に地図を描いてもらいました。

ka.no.jo./ni./chi.zu./o./ka.i.te./mo.ra.i.ma.shi.ta.

她畫了地圖給我。

♠ 先生に来ていただきました。

se.n.se.i./ni./ki.te./i.ta.da.ki.ma.shi.ta.

老師為了我來了。

♠ 課長に出席していただきました。

ka.cho.u./ni./shu.sse.ki.shi.te./i.ta.da.ki.ma.shi.
ta.

獲得課長的出席。

## 單字

| | |
|---|---|
| 地図　【地圖】 | |
| chi.zu. | |

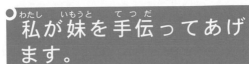

# 私が妹を手伝ってあげます。

わたし いもうと てつだ

wa.ta.shi./ga./i.mo.u.to./o./te.tsu.da.tte./a.ge.
ma.su.

我幫妹妹的忙。

## 說　明

前面曾經提過「あげます」是用在比自己地位低的人，因此通常是平輩、晚輩。同樣的，「あげます」也可以配合「て形」來使用。主詞是地位較高的人，動作的對象則是地位較低的人。

句型是：

主詞が＋對象を＋動詞て形＋あげます。

## 例　句

あ兄が妹に数学を教えてあげました。

あに いもうと すうがく おし

a.ni./ga./i.mo.u.to./ni./su.u.ga.ku./o./o.shi.e.te./
a.ge.ma.shi.ta.

哥哥教妹妹數學。

あ私が弟を手伝ってあげました。

わたし おとうと てつだ

wa.ta.shi./ga./o.to.u.to./o./te.tsu.da.tte./a.ge.ma.
shi.ta.

我幫弟弟的忙。

授受表現

♧ 私が友達に料理を作ってあげました。

wa.ta.shi./ga./to.mo.da.chi./ni./ryo.u.ri./o./tsu.

ku.tte./a.ge.ma.shi.ta.

我做菜給朋友吃。

♧ 私が彼にごみを出してあげました。

wa.ta.shi./ga./ka.re./ni./go.mi./o./da.shi.te./a.ge.

ma.shi.ta.

我幫他倒垃圾。

♧ 私が彼女に嫌いな物を食べてあげました。

wa.ta.shi./ga./ka.no.jo./ni./ki.ra.i.na.mo.no./o./

ta.be.te./a.ge.ma.sh.ta.

我幫她吃掉討厭的食物。

♧ 姉が弟に洗濯してあげました。

a.ne./ga./o.to.u.to./ni./se.n.ta.ku.shi.te./a.ge.ma.

shi.ta.

姊姊幫弟弟洗衣服。

## 單字

**数学 【數學】**
su.u.ga.ku.

**ごみ 【垃圾】**
go.mi.

**料理 【料理、菜肴】**
ryo.u.ri.

第 16 課

# 字典形

# 「字典形」
# （動詞常體非過去形）

説　明

如果有翻過日文字典的人，應該會發現，日文字典裡的單字，動詞的部分都不是以「ます」結尾，而且就算是用ます形的語幹去查詢，也沒有辦法在字典中找到想要的動詞。這是因為字典中的動詞，都是以「常體非過去形」也就是「字典形」的形式來呈現的。那麼，什麼是「字典形」呢？「字典形」又可叫「辭書形」，是「常體非過去形」。常體也分成過去和非過去形。常體非過去形則是動詞的現在式、未來式的表現方式，也等於是動詞最原始的形式。而因為「常體非過去形」是動詞最基本的模樣，所以字典在收錄動詞時便以這種形式收錄。

簡單的說，「字典形」就是「常體非過去式」；使用的方式和常體相同。

以下就利用大家常聽到的句子為例：

|      | 敬體基本形－ます形 | 字典形 |
|------|------------------|--------|
| 定義 | 比較禮貌的形式<br>敬體非過去形 | 較不禮貌<br>常體非過去形 |
| 例 | 食べます<br>わかります | 食べる<br>わかる |

# 字典形－Ⅰ類動詞

## 說明

Ⅰ類動詞要變成字典形時，先把表示禮貌的「ます」去掉。再將ます形語幹的最後一個字，從同一行的「い段音」變成「う段音」，就完成了字典形的變化。

例如：

行きます

↓

行き（刪去ます）

↓

か行的い段音「き」變成か行的う段音「く」即：ki→ku

↓

行く

## 單字：「い段音」→「う段音」

か書きます→か書く　(ki→ku)
ka.ki.ma.su./ka.ku.

およ泳ぎます→およ泳ぐ　(gi→gu)
o.yo.gi.ma.su./o.yo.gu.

字典形

話します→話す　(shi→su)

ha.na.shi.ma.su./ha.na.su.

立ちます→立つ　(ti→tsu)

ta.chi.ma.su./ta.tsu.

呼びます→呼ぶ　(hi→bu)

yo.bi.ma.su./yo.bu.

住みます→住む　(mi→mu)

su.mi.ma.su./su.mu.

乗ります→乗る　(ri→ru)

no.ri.ma.su./no.ru.

使います→使う　(i→u)

tsu.ka.i.ma.su./tsu.ka.u.

（例　句）

♦学校へ行きます。

ga.kko.u./e./i.ki.ma.su.

↓

♦学校へ行く。

ga.kko.u./e./i.ku.

去學校。

♠ プールで泳ぎます。

pu.u.ru./de./o.yo.gi.ma.su.

↓

♠ プールで泳ぐ。

pu.u.ru./de./o.yo.gu.

在游泳池游泳。

♠ 電車に乗ります。

de.n.sha./ni./no.ri.ma.su.

↓

♠ 電車に乗る。

de.n.sha./ni./no.ru.

搭火車。

辞典形

# 字典形 - II 類動詞

說　明

II 類動詞要變成字典形，只需要先將動詞ます形的「ます」去掉，剩下語幹的部分後，再加上「る」，即完成了動詞的變化。

例：

食べます
↓
食べ（刪去ます）
↓
食べ＋る
↓
食べる

## 單字：ます→る

教えます→教える
o.shi.e.ma.su./o.shi.e.ru.

掛けます→掛ける
ka.ke.ma.su./ka.ke.ru.

見せます→見せる
mi.se.ma.su./mi.se.ru.

捨てます→捨てる
su.te.ma.su./su.te.ru.

始めます→始める
ha.ji.me.ma.su./ha.ji.me.ru.

寝ます→寝る
ne.ma.su./ne.ru.

出ます→出る
de.ma.su./de.ru.

います→いる
i.ma.su./i.ru.

着ます→着る
ki.ma.su./ki.ru.

飽きます→飽きる
a.ki.ma.su./a.ki.ru.

起きます→起きる
o.ki.ma.su./o.ki.ru.

生きます→生きる
i.ki.ma.su./i.ki.ru.

過ぎます→過ぎる
su.gi.ma.su./su.gi.ru.

字典形

似ます→似る
ni.ma.su./ni.ru.

見ます→見る
mi.ma.su./mi.ru.

降ります→降りる
o.ri.ma.su./o.ri.ru.

できます→できる
de.ki.ma.su./de.ki.ru.

（ 例　句 ）

◆野菜を食べます。

ya.sa.i./o./ta.be.ma.su.

↓

◆野菜を食べる。

ya.sa.i./o./ta.be.ru.

吃蔬菜。

◆電車を降ります。

de.n.sha./o./o.ri.ma.su.

↓

◆電車を降りる。

de.n.sha./o./o.ri.ru.

下火車。

♠朝早く起きます。

a.sa./ha.ya.ku./o.ki.ma.su.

↓

♠朝早く起きる。

a.sa./ha.ya.ku./o.ki.ru.

一大早起床。

♠料理ができます。

ryo.u.ri./ga./de.ki.ma.su.

↓

♠料理ができる。

ryo.u.ri./ga./de.ki.ru.

會做菜。

# 字典形 - III 類動詞

說明

III類動詞只有「来ます」和「します」，它們的字典形分別是：

来ます→来る

（請注意發音）

します→する

名詞加します的動詞，也是相同的變化：

勉強します→勉強する

## 單字

来ます→来る
ki.ma.su./ku.ru.

します→する
shi.ma.su./su.ru.

勉強します→勉強する
be.n.kyo.u.shi.ma.su./be.n.kyo.u.su.ru.

洗濯します→洗濯する
se.n.ta.ku.shi.ma.su./se.n.ta.ku.su.ru.

質問します→質問する
shi.tsu.mo.n.shi.ma.su./shi.tsu.mo.n.su.ru.

説明します→説明する
せつめい　　　　　　せつめい
se.tsu.me.i.shi.ma.su./se.tsu.me.i.su.ru.

紹介します→紹介する
しょうかい　　　　　　しょうかい
sho.u.ka.i.shi.ma.su./sho.u.ka.i.su.ru.

心配します→心配する
しんぱい　　　　　　しんぱい
shi.n.pa.i.shi.ma.su./shi.n.pa.i.su.ru.

結婚します→結婚する
けっこん　　　　　　けっこん
ke.kko.n.shi.ma.su./ke.kko.n.su.ru.

（ 例 句 ）

♠うちに来ます。

u.chi./ni./ki.ma.su.

↓

♠うちに来る。

u.chi./ni./ku.ru.

來我家。

♠友達と一緒に勉強します。
ともだち　　いっしょ　　べんきょう

to.mo.da.chi./to./i.ssho.ni./be.n.kyo.u./shi.ma.
su.

↓

♠友達と一緒に勉強する。
ともだち　　いっしょ　　べんきょう

to.mo.da.chi./to./i.ssho.ni./be.n.kyo.u./su.ru.

和朋友一起念書。

字典形

◈ 子供のことを心配します。

ko.do.mo./no./ko.to./o./shi.n.pa.i./shi.ma.su.

↓

◈ 子供のことを心配する。

ko.do.mo./no./ko.to./o./shi.n.pa.i./su.ru.

擔心孩子的事。

◈ 友達を紹介します。

to.mo.da.chi./o./sho.u.ka.i./shi.ma.su.

↓

◈ 友達を紹介する。

to.mo.da.chi./o./sho.u.ka.i./su.ru.

介紹朋友。

# 初學者必備的日語文法

**雅致風靡　典藏文化**

親愛的顧客您好，感謝您購買這本書。即日起，填寫讀者回函卡寄回至本公司，我們每月將抽出一百名回函讀者，寄出精美禮物並享有生日當月購書優惠！想知道更多更即時的消息，歡迎加入"永續圖書粉絲團"您也可以選擇傳真、掃描或用本公司準備的免郵回函寄回，謝謝。

傳真電話：（02）8647-3660　　　　電子信箱：yungjiuh@ms45.hinet.net

| 姓名： | | 性別：　□男　□女 |
| --- | --- | --- |
| 出生日期：　年　月　日　電話： | | |
| 學歷： | | 職業： |
| E-mail： | | |
| 地址：□□□ | | |
| 從何處購買此書： | 購買金額：　　　元 | |
| 購買本書動機：□封面 □書名□排版 □內容 □作者 □偶然衝動 | | |
| 你對本書的意見：<br>內容：□滿意□尚可□待改進　編輯：□滿意□尚可□待改進<br>封面：□滿意□尚可□待改進　定價：□滿意□尚可□待改進 | | |
| 其他建議：<br><br><br><br> | | |

## 總經銷：永續圖書有限公司

**永續圖書線上購物網**
**www.foreverbooks.com.tw**

您可以使用以下方式將回函寄回。

您的回覆，是我們進步的最大動力，謝謝。

① 使用本公司準備的免郵回函寄回。

② 傳真電話：（02）8647-3660

③ 掃描圖檔寄到電子信箱：

　yungjiuh@ms45.hinet.net

沿此線對折後寄回，謝謝。

廣 告 回 信
基隆郵局登記證
基隆廣字第056號

22103

**雅典文化事業有限公司　收**
新北市汐止區大同路三段194號9樓之1

雅致風靡　典藏文化